背後的數字

빽넘버

BACK NUMBER

林仙鏡（임선경）—— 著
胡椒筒 —— 譯

作者序

母親去世的那天是很平凡的一天。

天氣跟前一天差不多，也沒發生令人印象深刻或是帶有特別暗示的事情。我和平時一樣在考慮晚上該吃什麼，我沒有做不吉利的夢，也沒有無緣無故地打破玻璃杯。

很長時間以來，我都無法接受那個沒有任何跡象與徵兆的日子。我氣自己不知道，也氣自己沒辦法知道。

我把自己如同泰山般委屈的心，反覆揉搓寫成了小說。雖然「不知道」的我，因為寂寞而創造出了「知道的」元永，但他的痛苦超乎了我的想像。我同情的望著元永的無能為力，這段時間讓我平復了內心。

這就是創作所擁有的治癒的力量。如今，元永謙虛、樸實、小心謹慎地生活著，他不需要加油打氣，只要友好的凝視就足夠了。

任何一個人的成就，都無法離開他人的幫助，這本書也是如此，只是我無法一一表達出來罷了。

住宅區的單間公寓村，路很難找，外牆用瓷磚或復古磚砌起的五層建築，密密麻麻的聚集在一起，這裡和那裡差不多，每條巷子也都大同小異。巷子裡停滿了車，這些車的一生，比起馳騁在路上，更多時間只是停靠在路邊，它們只有在週末時才會被發動一下，但也只是開進大型超市的停車場罷了。

電話裡的女生要我看到便利商店後轉彎，可一條巷子裡就有兩家便利商店，同公司的便利商店外觀又都一樣，我也搞不清楚眼前的這家便利商店是剛才經過的那一家，還是另外一家了。如果不是「螞蟻商會」或「皇家髮廊」這種有個性的店名，而是像 CU 或者 GS25* 這一類店名，對找路完全沒有任何幫助。

不只是便利商店，近來不管哪個城市、哪條街道，都是同一家麵包店和馬鈴薯豬骨湯店，巴黎貝甜（Paris Baguette）隔壁是飯捲天國，轉個角就是 CU 便利商店，商街一角也都是同一家洗衣連鎖店。

《阿里巴巴與四十大盜》裡強盜在阿里巴巴的家門上作出記號，卻被婢女瑪姬娜發現，

*註：CU、GS25：韓國兩家最大的連鎖便利商店。

於是她在其他人家的大門上也作出了相同的記號，這才倖免逃過一劫。人們覺得只有跟別人變得一樣才安全，連鎖店變成了街道的風景，走在一樣的街道上的人們，以流行之名穿著一樣的衣服、化著一樣的妝，我們總是努力地想變得一樣，難道是因為活著太危險了嗎？阿里巴巴，引人注意會有危險！

我在同一個地方已經繞了二十分鐘，有一種傳統觀念是「基本上男生比女生會認路」。都說不是「全部」，而是「基本上」了，但我卻總是因為這種「基本上」的說法遭人白眼。事實上，「基本上」是個非常不負責任的用詞，有些人想發表什麼看法，卻又擔心會有人提出相反的意見時，為了給自己留條後路，才會使用「基本上」。雖然這種表達帶有「我什麼時候說所有人了？」的意思，但深意卻是想說「這個嘛，我覺得是所有人，如果你不是，那你就是另類囉！」被說成是另類，我也無話可說。

走過各種豪華住宅和別墅公寓以後，我終於看到了那棟紅色窗框的東方式別墅公寓，此時我已經疲憊不堪了。我要找的那戶人家住在公寓的最頂樓，可公寓裡卻沒有電梯，「唉！隨便了。」我點了點頭，嘆了口氣。事情要是一開始就不順利的話，就會一直不順到最後，覺得倒楣的時候，簡直就是禍不單行，所以最好事先在心裡做好準備。

陰雨連綿的時候，事情都會在很遠的地方等著我，所以我會在去的路上做好心理準備，想著等下肯定會被泥水濺到一兩次，這樣做好心理準備的話，也就無所謂了。事實上，如果真的被泥水濺到，我會覺得那是理所當然的，但如果沒有，又會覺得還滿走運的。

我走上樓梯，每層都有狗在叫，我剛走上二樓的平臺，就聽到小狗歇斯底里的叫聲。我故意走到門口，跺腳經過，感覺那隻發狂吼叫的小狗被主人打了一巴掌。經過三樓時，一隻幼犬抓著玄關的門，汪汪叫了幾聲；在四樓，聽到了孩子的哭聲；抵達目的地五樓後，我先喘了口氣。剛爬上樓梯，我就開始擔心下樓的事了，上樓倒沒什麼，但等等下樓時膝蓋肯定會吃不消的。

我剛按下門鈴，便聽到像是從旁邊傳來的高喊聲。

「門開著呢！」

總體上來看，這棟建築存在著隔音問題，站在外面就可以清楚地聽到屋子裡的聲音，看來每層樓的狗和孩子發脾氣，也是因為經過的人的腳步聲聽得太清楚了。

我打開門走進去，一個女生從廚房走了出來，她穿著可以稱之為大韓民國女生家居服的緊身褲，披著柔軟拉長的針織開衫外套。電話裡聽著聲音，我還以為她是二十幾歲的女生，可現在一看，少說也有三十五歲了，看來她也是那種拿起電話就會裝可愛的人。

「你是跑腿公司派來的吧？」

女生打量著我問道。我穿著公司的制服，雖說是制服，其實就是一件背心，胸口上寫著粗大的英文「GOOD HELP」。一件背心雖然不能證明身分，但至少提供了線索，作為制服，它已經充分發揮作用。我非常討厭這件背心的設計，它是一件縫了很多口袋的灰色背心，如果是擁有正常時尚品味的二十幾歲男生，肯定都會討厭這種顏色和設計。只有那些不在乎穿起來美醜，只追求實用性的職業類型，才會選擇這種背心，比如送快遞的大叔、凌晨市場的拍賣商人、搬家公司和跑腿公司的員工。

我既討厭這種充分發揮出實用性的背心，也很討厭我們公司被叫做跑腿公司，因為提到跑腿公司會讓人聯想起跟蹤在外偷吃的丈夫、幫人討錢或是替人消災的小混混的事業。事實上，到目前為止，跑腿公司都是幹這些的，但我所屬的公司不做這些差事，我們公司只提供跑腿幫忙的服務，而且幫的都是些瑣碎的小忙。

近來，這種幫忙的跑腿公司正如雨後春筍一樣湧現出來，其中我們公司的規模、創建年分以及收益額都還算不錯的。

「我是 GOOD HELP 公司派來的員工，我叫李元永。」

原本自我介紹時需要出示身分證，但我嫌麻煩，所以省略了這項步驟。要求看證件的客人也不多，說「不多」的理由是，不是所有人都會要求看，有的人會掛著門鏈打開一條門縫要求先查看身分證。當然，即使遇到這種情況，我也不會覺得心裡難受，我反倒會為那種門鈴響了就去開門的人感到擔心，因為那種不拘小節的疏忽，往往會令人縮短壽命。像這個女生，得知有人會登門，乾脆直接敞開大門的情況，是最讓人覺得荒唐的。

「知道請你來幫我做什麼嗎？」

「當然。」

女生正要朝屋裡走去，突然又轉過身，輕輕把頭側向左側說道：「你稍稍遲到了吧？」

「是啊！找到這裡花了些時間。」

女生愣了一下，然後故意裝出很可愛的表情，睜大眼睛看著我。

「哦？就只是這樣嘛？」

「嗯？」

「你至少應該說句對不起吧！」

我心想「不要慌」，但身體卻與意志無關地慌張了起來。我感到臉頰泛紅，我討厭自己這樣，因為泛紅的臉頰會暴露感情。如果不想笑，只要下定決心是可以忍住的；不想哭，強忍著也可以不流淚。但臉頰泛紅這件事，則由不得我控制，雖然臉是我的，但它卻不受我掌控。臉頰泛紅，暴露出了我的不安與難為情，這讓我覺得很丟人。

年紀大的女生喜歡看年輕的男生臉紅的樣子，她們認為年輕的男生會在自己面前害羞，進而享受這件事，所以她們不肯放過對方任何的失誤。正因如此，她們給人留下了敏感、執拗的印象，與此同時，她們享有著購買服務的消費者地位。女生看到我臉紅了，便露出了無比滿足的微笑，看她這種表情，我猜想她應該接近四十歲了吧！

「吼！開玩笑的，沒事啦！」

女生轉身走向廚房，她的長髮垂在背後。打開冰箱時，她回頭瞟了我一眼，跟著轉過頭來，露出一絲笑容。我猜，她是在心裡想「派來的年輕人還不錯」，我還沒開始工作就覺得累了。

「喝點什麼嗎？」

「不了，沒關係。聽說妳胳膊不方便。」

「是啊！」

女生一臉發牢騷的表情站在那裡看著我，她稍稍抬了下兩隻胳膊，抬到45度角左右的時候，她皺起了眉頭。

「只抬到這裡就很痛了呢！」

「啊！原來是這樣。」

我附和著她也露出嚴肅的表情，我總不能對她說，這都是妳自找的吧？

聽說這個女生做了隆胸手術。大多數的女生都會在胸罩裡加胸墊，一小部分的女生才會在乳房裡植入鹽水袋，這個女生歸屬在那一小部分人裡，所以她才會胳膊痛。人的身體十分奧妙，一個部位疼痛便會牽連到看似與其無關的部位出現問題。傷到一條腿時，因姿勢不對腰也會跟著痛；傷到肋骨時，明明肺部沒有受損，但受傷的肋骨動一下也會導致呼吸困難。今天我又了解到一個新知識——隆胸手術後胳膊會痛。

準確的講，她不是胳膊痛，而是不能任意的使用胳膊。抬起胳膊時，肩膀自然也會向上，這樣會拉扯到腋下，此時便會牽引到胸肌，所以手術部位便會感受到疼痛。雖然日常生活並無大礙，但還是會遇到不抬胳膊就做不了的事情。

「我不能洗頭，你過來幫我好嗎？」

這就是女生要求的服務內容，頭長在肩膀以上，不抬胳膊自然沒辦法洗頭了。

「那邊是浴室嗎？」

因為這裡是套房，只有那一處是有門的地方。

「是的，稍等一下喔，我去換件方便一點的衣服。」

女生把身上的針織開衫外套脫了下來，脫衣服的時候，因為胳膊不方便，她抓著衣角，以向下甩的方式才脫了下來。就在我遲疑要不要幫她一把的時候，衣服已經被她脫下來了。除了客人要求的事情之外，最好行動謹慎。女生在針織衫裡穿了一件小可愛背心，我看到她那豐滿堅挺的胸部時，心想──假的！

女生先走進浴室，只見裡面到處都是用過的濕毛巾，還有很多亂七八糟的東西。洗臉檯上的隔板堆滿了護髮用品，我真懷疑這些東西她都有在使用嗎？我撿起洗臉盆，倒扣過來緊貼著浴缸擺在地上。我打算讓她坐在洗臉盆上背靠浴缸，好把頭髮放進浴缸裡面，就像在髮廊洗頭一樣。這種面朝上躺下的方法才最方便。站在洗頭人的立場來看，這個姿勢不但脖子不會痛，更不會弄濕衣服，這是我五年來像木乃伊一樣躺在醫院裡領悟出的上百個事實中的一個。我把毛巾對摺搭在浴缸邊上，這麼做可以防止脖子向後摺，萬一水流到脖子也不會流到後背。

女生穿著從外觀上看起來更接近是內衣的小可愛背心和緊身褲，她看到我做的準備工作，十分滿意。

「你洗過很多次頭？」

「沒有很多次啦！」

女生還沒等我叫她，就坐到洗臉盆上把脖子搭在浴缸邊了。雖然她已經有些年紀了，但脖子上還看不到皺紋，頸部的線條也很美，脖子連接肩膀的線條也無可挑剔，或許是因為豐滿的胸部，才讓其他線條看上去更顯完美。

女生背靠後躺在那裡，但胸部還是很堅挺，我看在眼裡不禁再次發出感嘆。但總不能一直感嘆不做事，我督促自己開工啦！我把毛巾輕輕地蓋在她那對如同擺在中秋祭祖餐桌上的水梨一樣又大又豐滿的胸部上，原本閉著眼睛的女生睜開眼睛笑了出來。我只是不想讓水濺到她的衣服上罷了，但看來她是覺得我在注意她的胸部。也是啦！她剛手術完沒多久，早晚想著的肯定只有自己的胸部而已，就像穿著新的運動鞋出門時，總覺得大家都在看自己的新鞋一樣。

我用蓮蓬頭慢慢弄濕她的頭髮，然後擠出洗髮精在她的頭髮上揉出泡沫。為了營造親切、自然的氛圍，同時也為了提高她對服務的滿意分數，我先開口說道：

「這裡養狗的人家還真多。」

「是啊！每次上樓都吵死了。唉！真不知道養狗要幹嘛！我受不了狗毛，也討厭狗的味道，更不要說是狗叫了。」

「這棟樓的隔音感覺不是很好。」

「是啊！連隔壁洗澡的聲音都能聽見，夜裡還能聽見廁所的沖水聲。我這兒是樓頂倒還好，樓下那些人因為層間噪音，沒少發生過爭吵呢！」

「爭吵已經是萬幸了，很多殺人案都是因為層間噪音呢！」

女生大吃一驚，她瞪大了原本閉著的眼睛。

「殺人案？」

「嗯！新聞上看到的。」

女生的反應害我也嚇了一跳，她又閉上了眼睛，真是個反應誇張的女生。她肯定是看了那種教人談戀愛的書，以為男生喜歡有反應的女生，還照著做了。

現在，因為層間噪音引發的殺人案已經不算什麼驚人的新聞，殺人本身已經不令人吃驚了。又或者說層間噪音這種理由太過平常，現在的人不單因為金錢、劈腿或是怨恨去殺人，甚至是因為對方看自己的眼神不爽、支持的政黨不同、下棋時沒有讓一步棋子而殺人。跟這些理由相比，噪音算是很合理的殺人理由了。不過話說回來，我好像不應該提殺人案的。

用了洗髮精以後，我還幫她用了護髮霜。我用毛巾幫她擦乾頭髮上的水，女生露出舒服的表情說：

「你會幫我吹頭髮吧？」

「吹頭髮？我吹不好欸。」

「沒事啦！我今天不出門，只要幫我吹乾就可以。」

女生坐在化妝檯的鏡子前，我拿著吹風機走到她身後。每次看到吹風機，我都覺得它像一把槍，美髮師用的那種大型金屬吹風機，因為重量感更像是武器一樣。打開電源，準備發射……這當然是不可能的了。女生的頭髮被吹風機的熱風吹得飄動起來，我把她的頭髮撩到前面，好幫她吹乾頭皮。終於，我看到了她的背，剛剛被長髮遮擋著的背。

其實，剛才我一直在迴避不去看她的背。不管看到誰的背，我都會立刻轉移視線，這已經成了我的習慣。走在路上時，我怕看到前面人的背，所以總是低頭看著自己的腳走路。坐在我面前聊天的人，站起來要轉身時，我也會及時扭轉開視線。但像現在這樣，站在女生背後幫她吹頭髮，怎麼可能不看她的背呢？無所謂了，看都看了。

#

我看到了數字，閃著淡綠色光的數字，五位數的數字——「18259」。雖然我不想去思考那個數字，但腦子裡已經計算出來了。其實也沒什麼好算的，五位數的數字至少是三十年以上，一萬八千的話，大概是五十年。

女生雖然還年輕，但至少也有三十幾歲了，未來再活五十年的話，還能活到八十多歲。這樣的話，她應該算是長壽的吧？如今，女性的平均壽命已經過了八十歲，她也能算在平均裡了。與此同時，我又產生了另外一個好奇，未來的五十年裡，她的胸部會變成什麼樣呢？歲月流逝，眼角和屁股都會垂下來的，難道說到那時她的胸部還會這麼挺？我一想到老奶奶的胸部豐滿堅挺，莫名覺得有點噁心。

02

女生背後寫著的數字是她的「Back Number」，數字代表著她的壽命，未來所剩的日子。沒錯，我可以知道人們的壽命，所有人的背後寫著他們未來可以活的天數，而我可以看到那個數字。

數字呈現朦朧的淡綠色，與其說數字是寫在背上，倒不如說它是顯現在背上更為貼切。數字像是漂浮在人們的背上，人動的時候數字也會跟著一動一動，但那絕不是外部的光線照射的，因為把手放上去是可以遮住它的。背靠在椅子上時，是看不到那個數字的，可它又會從衣服裡面透出來。

當然，身體赤裸時，數字是看得最清楚的，它在皮膚上呈現出淡綠色，發出美麗的光。穿衣服時，那道光會變得稍稍朦朧起來。如果是白色單薄的衣服，數字就看得很清晰，但冬天厚重的外套上也能看到光亮微弱的數字，這時會讓我覺得，那道光是從那個人的皮膚下面滲透出來的一樣。

數字被長髮擋住的時候最不容易看到，因為頭髮是黑色的，加上有一定面積，而且還總是一晃一晃的。晚上？晚上當然看得更清楚了，因為數字會發光。在特別漆黑的夜裡，就算看不到人，也能看到那些飄動著的數字，就像深夜看不清車道上的車，但也能朦朧地看到一個接一個的車尾燈。

人人都會死，人生裡唯一可以肯定的事就是死亡。生命是有限的，我們每天都在走向死亡，這是眾所周知的事情，可是我們卻在假裝無知的活著。這是為什麼呢？因為我們不知道那一刻會在什麼時候到來。人生裡最肯定的是死亡，最無法肯定的是死亡的時間，但我知道那個時間。對我來講，一切都是肯定的。

我不喜歡去人多的地方，像是上下班的地鐵或棒球場。到了人多的地方，我會覺得胸口發悶，呼吸困難，直冒冷汗，覺得馬上就會死掉一樣，這是典型的恐慌症症狀。我之所以會覺得快死了，是因為我可以清楚的看到死亡，我眼前這些人的背後都寫著各自的數字，他們都背負著死亡在生活。

坐在棒球場的觀眾席上，可以看到幾萬個人背後閃爍的數字，那些歡笑聲、肢體動作和充滿活力的人生，讓我看在眼裡痛在心裡。黑暗的電影院裡，我可以看到人們背後的數字爭先恐後的閃著光。雖然在陽光下，數字的光顯得模糊不清，但在漆黑的電影院裡卻比緊急出口的燈還要醒目。看到一個人的數字和看到一群人的數字，那種感覺是完全不同的，我眼前閃著光的數字，殘忍的展現了人類的軟弱無力。

我不去電影院，也不去棒球場，休息的時候更不會去百貨公司和大型超市，就連上下班也盡量不利用大眾交通。偶爾晚上路過弘大入口站時，都會讓我覺得差點死在那裡，用「人山人海」來形容再貼切不過了，路上行人擠得密密麻麻的，讓人很難以正常的速度前行。

二十歲左右的男女幾乎都戴著耳機，低頭看著手機，一開始我還以為他們都是快閃族，但他們看上去卻不那麼井然有序。我心想，他們應該是要去參加什麼集會，如果不是這樣，怎麼會有這麼多人聚集在同一個場所。

但我很快便知道了，這些人完全沒有共同的目的，他們都有各自的約會對象。儘管已經人山人海了，但地鐵站出口還是會不斷地湧進一批又一批的人，就像從爆開的糯米腸裡跑出來的內容物一樣。地鐵站九號出口的樓梯已經擠得水洩不通了，連邁一個臺階都很困難。那麼多的人的背後都寫著數字，儘管他們的相貌不同、穿著不同，等下要見的人也不同，但他們前往的方向卻是一致的。

所有的人都在朝著死亡前進，一場通往死亡的大躍進。

我可以感受到自己的心跳在加快、手腳冒汗、呼吸困難，我氣喘吁吁的撥開人群，想要離開現場，被我推開的人發出了一小聲慘叫，還有人白了我一眼。可我連氣都喘不過來了，哪還顧得上跟人道歉啊！

「你沒事吧？」

我被誰的腳絆到了，身體一搖，這時有人抓住了我的胳膊。

「沒事……」

我沒事，我只要能到人少的地方，到不像現在快被人擠死的地方就會沒事的。

真的會沒事嗎？

真的相信沒事嗎？

因為這種症狀，我也到醫院接受過治療。

「這是廣場恐懼症，是恐慌症中的一種，這種症狀主要會發生在人多的情況下。」

醫生給我開了苯二氮草類的鎮靜劑，還建議我透過認知行為療法，訓練自己多暴露在人多的地方。也就是說，我應該在這位有經驗的專家的指導下，反覆去經歷那種對我來講不合理的恐怖。

「你要常常訓練自己有意識地到人多的地方去，去百貨公司購物、坐地鐵，這樣可以慢慢拉長時間。」

我根本不想接受什麼認知行為治療，我連藥也沒吃，我盡量避開人多的地方。

醫生還說我有強迫症，說我過於在意死亡了，可大家都知道，死亡無處不在。人會有從高層建築掉下來的危險，瓦斯會爆炸，病菌也無處不在，家門大敞還會招來強盜，因為層間噪音也會惹來殺身之禍。我可以看到人們背後的數字，可以看到生命在漸滅，因為我能看到那些數字，所以我很難裝作視而不見。

可是，為什麼只有我能看到那些數字呢？其實「為什麼」才是最荒唐的問題。

為什麼？

這世上能說明理由的事情又有幾件呢？很多人都相信人間瑣事必有前因後果，但如果深入了解的話，便會發現這是多麼無可奈何的想法。為什麼我會出生在這個國家？如果生在更溫暖、和平的國家該有多好。為什麼有的孩子能在父母的關愛下出生，在富裕的家庭裡成長，而有的孩子卻在還沒有學會走路以前就被父母虐待？為什麼有的人剛出生就會遭遇不幸死亡，而有的人經歷了大型事故卻還是能九死一生？

活在世上，我們所經歷重要的、決定性的事情多半都沒有理由，它就是那樣發生了，我也就是成了這個樣子。我問過自己無數次為什麼會這樣，但我找不到任何原因，不過，我知道的是，從何時開始變成了這樣。

03

事情發生在我考上大學的那年秋天，一個風和日麗的日子。如果大學一年級新生天還沒黑就回家的話，家裡人一定會擔心他在學校發生了什麼事，所以我上完課也會待在學校。

那天媽媽打電話來。

「你今天穿什麼？」

「蛤？」

「你早上穿什麼出門的？」

「妳要買衣服給我嗎？」

「煩不煩，你上衣穿的是夾克吧？」

我穿著米色的褲子和深藍色的夾克，鞋是褐色的樂福鞋。就這樣，這身打扮我得到了合格的通知。

「姑婆去世了，我現在開車去學校接你，你哪兒也別去，等我過去哦！」

姑婆的話，這就意味著要去忠清道，晚上出發，要什麼時候才能回來？我不禁嘆了口氣。只要是和親戚、家裡長輩有關的事，都讓人提不起興致。過節的時候挨家拜年也就算了，讓我覺得很蠢的是，還要參加親戚家的婚禮和周歲宴，為了去吃頓飯，要浪費掉週末一整天的時間。

我之所以對親戚家的事提不起興致，是因為必須要跟「家人」同行。我覺得「家人」就只是在家裡見的人，為什麼每天都能見到的家人，還要在外面見面呢？當然，我們家是很和睦的模範家庭，一個由媽媽、爸爸和我這個獨生子組成的家庭。吃飯時，大家會坐在餐桌前聊天，也會一起聚在客廳裡看電視。（各自吃飯、待在各自房間裡看電視的家庭有很多。）但從我國中畢業開始，就再也沒和家人一起過過暑假，因為我再也無法忍受假期裡水洩不通的高速公路了。如果是跟朋友一起三、四個小時被困在車裡，倒也能愉快的度過，但跟家人坐在車裡才一個小時就夠讓我心煩的了。

儘管如此，媽媽還是堅持要帶我出席葬禮，她的信念是「喜事不去沒關係，喪事一定要到場」。她總是認真地教導我，去探望遭遇不幸的人，可以給對方帶來莫大的安慰，要是連這點心也沒有，學再多的知識也是沒用的，所以我只能藏起厭煩的表情跟著她出席。可在葬禮上，很多時候我都懷疑這究竟算是喪事嗎？靈堂上向故人的遺照行禮，跟著向喪主致哀，到這裡氣氛還算嚴肅。但到了招待來弔喪的客人吃飯的地方，很多時候氣氛又跟辦喜事一樣。

媽媽開車來校門口接了我，然後又到爸爸的公司載爸爸，我們好不容易避開下班尖峰時間，開上了高速公路。

聽說姑婆是喜喪，她活了九十多歲，而且臨終時又有子女守在身邊，自然算是喜喪了。來弔喪的人也毫不忌諱地說，時候到了，該走就走也是福氣，喪主跟他們聊天的時候也不時傳來豪爽的笑聲。許久未見的親戚之間也都難掩高興的心情，大家高調的炫耀著自己考上大學或結了婚的子女。

靈堂前排列的花環個數，可以推測出子女成功的程度，大家評價著喪主身著的黑色喪服，稱讚著盛在免洗碗裡的辣牛肉湯。雖然這些由中檔酒店準備的食物，跟在其他葬禮上吃到的沒什麼差別，但至少味道還不錯，媽媽見我很愛吃燉明太魚，於是又去端了一盤。

我們過了十一點才離開，爸爸喝了兩三杯燒酒，我也跟同齡的親戚喝了啤酒。媽媽不喜歡夜裡開車，她說上了年紀，晚上就更看不清楚了，光線都跟散開了似的，但沒辦法，因為我和爸爸都喝了酒。

其實，車子是媽媽的。去年爸爸升職當上了高階主管，公司幫他配了輛車，公司停車場也有他的專屬車位。我猜就是從那時起，媽媽才切身感受到爸爸在社會上取得的成功。公司要是能再配個司機給他就再好不過了，但因為經濟不景氣，公司為了節省人工費用，只有本部長級的高階主管才配有司機。

媽媽決定用自己的名義買輛新車，然後把家裡那輛爸爸的運動型休旅車賣掉。媽媽說那輛車因為車體太大，每次開車去超市買菜進入停車場時都很吃力。她想要一輛 BMWMINI COOPER，既小巧可愛又安全便利，唯一的缺點是體積那麼小，價格卻不菲。

媽媽興致勃勃挑車的時候，爸爸卻顯得有些舉棋不定了起來，因為他擔心自己的高階主管一職是否能做到這輛新車的使用年限。爸爸說，萬一從高階主管退下來，是要把車還給公司的，到時候自己就得要開那輛 MINI COOPER，五十多歲的男人開那種車出門，肯定會惹人恥笑的。

「不是啊！你一個男人怎麼剛當上高階主管開始就擔心降職啊？」

「所謂高階主管就跟臨時員工一樣，我要是不能續約，可就到此為止了。」

「哎唷！可我死前還是想開開這種車。」

「妳剛過五十歲，就把死掛在嘴邊。」

爸爸最終還是沒能阻止媽媽購買新車，她買了那輛用鉻裝飾的藍色 MINI COOPER。

媽媽很喜歡新車。我還在心裡捏了把冷汗，擔心她會買輛鮮紅色的轎車，那種在健身房或百貨公司停車場經常可以看到的江南阿朱媽*的車。如果要我開那種車出門，一定會很有壓

*註：阿朱媽：아줌마，指上了年紀的婦女，也就是我們說的歐巴桑。

力，週末江南的市區，隨處可見那種寫著「借我媽車」出來的年輕人。（如果是那種看起來是爸爸的車，那就不是借的，而是偷開出來的了。）

在為「誰看了都知道是媽媽的車」停車時，別提有多難為情了，因此就算車再不起眼，但至少開出來「誰看了都會覺得是我的車」，這樣的話開到咖啡店或夜店門口請人泊車時，才能理直氣壯些。要想知道是不是本人的車，只要看花俏的裝飾和既幼稚又色彩繽紛的坐墊就可以了。但就算是那種緊貼地面、排氣音轟鳴的跑車，如果車牌號碼開頭是「허」*的話，一眼便可以作出判斷了。那種價格昂貴、車體不大、路面上少見的漂亮車種才會討人喜歡。要討誰喜歡？當然是討女生喜歡了。

週末出門時，我會開媽媽的車，在停車場停車時，我可以感受到女生們的視線。等辦完事回來，還會看到有女生站在我的車旁把側視鏡當鏡子照，還有人把額頭貼在車窗上窺視車內。當我靠近時，她們都會難為情的走開，有人會邊走邊回頭瞄我，還有人會衝著我笑，我覺得這應該表示她們對我有好感吧！

我並不是一定要開車出門，因為平日停在巷子裡妨礙消防車出動的私家車，等到週末全都會開上路，所以不管去哪兒都塞車，去哪兒都沒有停車位。但我還是會竭盡所能開車出門

*註：韓國車牌開頭寫著「허」字的車為租賃車輛。

的原因，都是為了允智。

我開車出來允智會很高興。允智是在新生訓練時認識並交往的女生，長輩常說，等上了大學談戀愛會談到膩。我剛上大學就談起了戀愛，年輕氣盛時結下的緣分，多少會讓人懷疑彼此做出的決定是不是有點草率，不過允智可是我們學校排在前幾名的美女，我是愛她的。

我開車帶允智去過江村的遊樂園和利川的游泳池，在得知她在高中同學聚會上喝多了的消息後，我還開車到江南的夜店去接過她。我開車縱橫首爾，用了兩個小時的時間從漢南洞開到延南洞，把喝醉了的允智和她的朋友一一送回家。

從那件事以後，我在允知的朋友眼裡成了親切和體貼的象徵，允智因此在對我充滿愛意的同時，也感到驕傲自豪。但我並不會因此向允智說謊說車是我的，那種謊言只會傷了自尊。我清清楚楚地告訴允智車是我媽的，但每次約會前，她還是會小心翼翼地問：「你能開車出來嗎？」只要我開車出來，允智和我都會毫無顧忌的在車裡享受，我們開車到郊外，在車上聽音樂、吃東西，允智是個愛車的女生。

「等我以後存夠了錢要買輛 CUBE，要天藍色的，我要把ＣＤ、太陽眼鏡和平底鞋都放在車上。對了，還有化妝包！」

「要化妝包做什麼？」

「想走的時候就去哪兒過一夜再回來，睡覺前要卸妝呀！」

我們在進口車展上只要看到 CUBE 和 FIGARO，就會過去參觀一番再出來，在允智買下 CUBE 以前，我得先買輛車才行，但我的夢想車還沒有確定下來。

總之，那天參加完葬禮回來的路上，媽媽坐在駕駛座上。我在聯考結束後才考上駕照，所以還沒有什麼開車經驗，可媽媽卻是二十年的駕齡，而且她從未發生過事故。媽媽坐在駕駛座上的派頭，給了坐在車裡的乘客十足的安全感。有經驗的人都知道，大部分的女性駕駛都很遵守交通規則，而且不會超速，更不會隨意變換車道。馬路上經常會看到因女性駕駛開車不熟練而發生的爭執，但很多交通事故都是由於男性駕駛者的急性子和毫無意義的爭強好勝所導致的。人世間的事也是如此，比起開車技巧，更重要的是風度。

車子發動了，媽媽回頭看了一眼坐在後面的我。

「繫好安全帶。」

我拉過安全帶繫好，坐在副駕駛座的爸爸已經打呼睡著了，媽媽打開車上的音響，我把連接在手機上的耳機塞進耳朵裡。跟家人一起開車出門時，我都會戴著耳機聽歌，很多人都喜歡開車兜風時聽音樂，但選擇什麼類型的音樂，會因性別和年齡產生極大的差異。如果差異過於懸殊的話，便很難在中間地帶達成協議。我聽嘻哈音樂，爸爸聽交通電臺，媽媽喜歡抒情的流行歌或古典樂。

深夜的高速公路上貨車特別多，無論從體積、聲音和速度來講，貨車都會壓倒其他車輛。因為車體大，加上漫天飛揚的灰塵，車燈又顯得很朦朧，因此更讓人覺得有威脅感。原本以為中部高速公路不會塞車的，但沒想到這裡的貨車更多。

行駛了不到一個小時，媽媽便把車開進了休息站。

「怎麼了？」

「可能是剛才吃錯了東西，我想去一下廁所。」

媽媽趕快把車開進了只有一家便利商店和咖啡店的路邊簡易休息站，但廁所看起來還滿大的。

停車場除了我們的車以外還停了一輛車——允智的夢想車 CUBE。我轉過頭仔細觀察了一番，車裡沒人。

即便車停了下來，但坐在副駕駛座上的爸爸也沒有醒過來，媽媽衝去廁所了，我漫不經心地朝休息站裡面走去。在葬禮上吃完晚飯後喝的那杯即溶咖啡，讓我覺得嘴裡一直發澀，很不舒服。

我們在家喝的咖啡都是用研磨機現磨好咖啡豆，然後再用義式咖啡機沖的。當然，這很麻煩，但如果我媽開口說：「兒子，你能幫我沖杯咖啡嗎？」我便無法拒絕她提出的盡孝任務中的這一項。

我媽不喝即溶咖啡，所以我從國中開始，就跟著她喝起了現磨咖啡。所謂口味，一旦提高了水準，就很難再降低了。只有萬不得已的時候，我才會喝即溶咖啡或販賣機的咖啡，但咖啡的味道和氣味很腥，不符合我的口味。

我原本想買杯香氣撲鼻的咖啡去去嘴裡的苦澀，但事與願違，只有便利商店開著門，咖啡店早就結束營業了。我站在便利商店冷藏櫃的咖啡區前猶豫了半天，雖然模仿現磨咖啡味道和香氣的罐裝咖啡比比皆是，但就是沒有吸引我的。

我可以感受到站在櫃檯裡的店員正在偷偷注視著我，一定是我長時間在冷藏櫃前走來走去引起了他的懷疑。店裡沒人，加上我的行動過於顯眼，而且已經在店裡逗留太長時間了。沒辦法，我只好選了一罐價格最便宜的無糖咖啡，但我不打算喝，媽媽也不會喝的，爸爸醒來說不定會喝吧？

我走出便利商店，看到門口的桌子前坐著一對情侶，他們應該就是那輛 CUBE 的主人。誰看了都會知道他們是對情侶，但他們似乎擔心外人看不出來一樣，穿著幼稚的情侶裝。紅色和藍色的連帽衣上用英文寫著「This is my Romeo」、「This is my Juliet」，下面還畫著箭頭，羅密歐的箭頭朝左，茱麗葉的箭頭朝右，想必那是用來指向對方的。但他們卻坐反了位置，羅密歐的箭頭指著停車場的空地，茱麗葉的箭頭指著男廁所。這對情侶雖然穿了情侶裝，卻沒拿出誠意確認好方向再入座，而且讓他們的情侶裝失色的，是兩個人正在吵架。

我不是有意要聽的，而是他們爭吵的內容跑進了我的耳朵。茱麗葉正在氣頭上，聲音十分刺耳。

「喂！快點走啦！」

羅密歐拉低聲音勸說著女生。

「我真的太睏了啦！」

「那也不能在這裡睡啊！要睡就快點回家睡！」

「休息一下再走就沒事了。」

「已經過去三十分鐘了！喂！你來的時候好好的，幹嘛突然這樣啊？」

我忍住笑，快步從他們身邊走了過去。已經過了子夜，想必今晚羅密歐是不想送茱麗葉回家了。雖說如此，可他也不能在這種簡易的休息站死纏著人家啊！這要是在國道邊，或許還能找到祕密的小山丘，韓國的國道邊有很多漂亮的汽車旅館可以迷住女生，有像是北歐木製住宅一樣的可愛小巧的汽車旅館，也有像是在希臘聖托里尼才會有的白色汽車旅館。還有那種感覺沒人會去，像是遊樂設施一樣在尖銳的屋頂上掛著彩色大氣球的汽車旅館。當然，心急的時候誰還會在意旅館的外觀長什麼樣呢？

現在羅密歐在這簡易的休息站死纏著女友又能做什麼呢？因為愛睏，他擔心疲勞駕駛會出事？可就算是這樣，在這裡哄騙女友也不能「休息一下再上路」。不！在這裡「真的只能休息」，除此以外什麼也做不了。這間休息站存在的理由就是供人休息的，或許羅密歐真的就只是想休息一下而已，怪就怪在茱麗葉的反應有點過了頭，她這麼威逼下去也不是辦法，還不如讓羅密歐閉目休息一下呢！

我上了車，爸爸還在睡覺。

我傳了簡訊給允智。

—睡了嗎？

—沒睡，你在哪兒？

—正往回開呢，休息站，ㄎㄎ。

—塞車嗎？

—不塞，這裡也只有兩輛車，我們和一輛CUBE。

—— CUBE？什麼顏色？

我看向窗外停著的那輛車，太暗了看不清楚，但很接近白色，應該是我和允智在車展上看到的珍珠色。我看了一眼羅密歐，他還在滿頭大汗的哄著茱麗葉。我趁羅密歐不注意，偷偷拍了幾張 CUBE 的照片，雖然開了閃光燈，但也沒被羅密歐發現。我剛把照片傳給允智，就收到了回應。

—— 哇喔！真好看！

允智只要拿起電話，講話腔調就變了。不管是講電話還是傳簡訊，她的舌頭都會變短，開始使用幼兒的疊字，比如「允智現在要睡覺覺囉！」、「你在幹嘛？吃飯飯了嗎？」傳簡訊時幾乎都是各種貼圖加愛心，她傳來的簡訊沒有文字，都是貼圖。如果平時允智講話也是「哼！我不管，我要吃零食啦！」那我一定不會和她交往，這樣的女生比起可愛，更會令我目瞪口呆。

允智是優雅型的女生，雖然她有雙長腿，但比起迷你裙，她更經常穿輕盈的長裙，搭配可以凸顯瘦弱肩膀的針織毛衣，再把長髮綁在背後。允智這種打扮很乾淨，和她白皙的皮膚很相稱。她講話時低聲細語而且很愛笑，又很會關心人。拋開這些來講，允智長得很美。

如果男生嘴上說：「我喜歡妳，因為妳和藹可親。」其實是指「我喜歡妳，因為妳長得美而且和藹可親」。男生說的善良，意思也是「長得好看又善良」。男生形容女生外貌時，除了「漂亮」以外，什麼印象好、性格好、有魅力甚至可愛，都是「不漂亮」的意思。男生要是覺得女生漂亮，就會直接稱讚對方漂亮，他們才不會那麼拐彎抹角呢！

允智基本上算是漂亮的女生，除此以外她還有很多特點，其中之一就是講電話的習慣。允智平時講話時，舌頭都不會短，更不會使用不雅的用詞和粗話，但唯有講電話時會澈底變成另外一個人。當然，她只有在跟我講電話的時候才會這樣，只有我一個人可以聽到允智變換的腔調，我很享受這件事，因為面對面聊天和講電話時判若兩人的口吻很有趣，這會讓我覺得像是在和兩個女生交往一樣。

—晚安。

—嗯！掰掰！

我和允智傳了半天簡訊也不見媽媽回來，她說肚子痛，可也去太久了，要不要去看看呢？這時候坐在副駕駛座上的爸爸翻了個身，嘟囔著問：

「車子怎麼不走了？」

「媽媽去廁所了。」

「快點啦！」

爸爸雙手抱胸又睡著了，我把頭探出窗戶，只見從廁所出來的媽媽正快步走來。媽媽從剛才那對莎士比亞情侶身後經過時，羅密歐轉過頭注視了媽媽的背影老半天。他搞什麼？阿朱媽的背影有什麼好欣賞的？那傢伙真是讓人看不順眼。

看來媽媽是在廁所經歷了一場奮戰，她無力地坐回駕駛座。

「媽，妳沒事吧？」

「嗯，走吧！」

「要不要換我開啊？」

「算了，你又沒上過高速公路。」

媽媽長嘆了口氣，再次發動引擎，我們的車在停車場繞了一圈後上了路。我的視線自然而然地看向便利商店門口的那對情侶，茱麗葉還在生氣，但羅密歐卻在一直盯著我們的車子。

我與羅密歐的視線相撞，如果是在路上撞見他那種直勾勾的眼神，我肯定會跟他爭執起來。

「那個臭小子搞什麼。」

看來，羅密歐是在懇切地希望我們盡快離開，他是覺得我們妨礙到自己了吧？我們走了看你能做什麼！我心想，怎麼會遇上這種猥瑣的傢伙。

車剛上路，我又戴上了耳機，2Pac 的「California Love」在我腦子裡回響了起來。提到九〇年代的嘻哈音樂……2Pac 簡直難以令人形容，我不喜歡人們用「大師」或「教父」這種詞來形容嘻哈音樂人，我不知道 2Pac 和 Biggie 本人喜不喜歡這種叫法，但我就是不喜歡用那種上了年紀的叫法稱呼他們。在二十五歲花季般的年齡（說實話，我不知道那個年紀是否可以稱之為花季，但我知道那是他經歷苦難後，剛剛展開自己人生的年紀）中槍身亡，2Pac 就此成了傳說。

2Pac 中槍身亡！他不是因糖尿病或中風而死，而是中槍身亡，多麼「乾淨俐落」。在我得知喜歡開車兜風的伊莎朵拉・鄧肯是因脫落的長圍巾被汽車輪絞住勒死時，也覺得「我的天啊！」，這些人就連死都如此性感。

我澈底沉醉在 2Pac 的歌聲中，所以根本沒聽到那件事發生時的任何危險預告音。我們的聽覺比視覺更容易受到刺激，看恐怖電影時就會知道，再恐怖的畫面如果沒有聲音，也不會覺得害怕。但如果是一般的場面配上令人不安、陰沉的音樂，便會讓人揪著一顆心，擔心會有什麼突然從畫面裡跑出來。

如果我當時聽到輪胎在路面打滑時發出的刺耳摩擦音或是媽媽的尖叫聲，我肯定會立刻接受眼前我們一家所面對的嚴重現實。但我卻像看電影一樣，在某個瞬間，一股強烈的衝擊撞向我們，透過玻璃窗，我看到車輛紅色的尾燈，緊接著巨型貨車的輪胎迎面而來。當欄杆、天空和黑色路面輪番替換的時候，我聽到的聲音只有「shake it shake it baby」。

我在現場昏了過去。

我後來聽說李某一家遭遇的交通事故上了隔天一早的新聞，電視畫面裡出現了燒毀的車輛，記者報導稱一家三口兩名當場死亡，另一名已被送往醫院，目前處於病危的狀態，貨車司機受了輕傷。記者報導了更為重要的消息，由於該起交通事故，導致昨晚的高速公路出現了三個小時以上的停滯。

04

我的心臟停止了跳動。

我看到一道光，雖然不知道它是從哪裡照射過來的，但它亮得讓我睜不開眼睛。我出自本能地朝那道光走去，但不管怎麼走都無法接近它，周圍什麼也沒有，我聽不到任何聲音，也看不到任何東西，只有空間與光。

「啊哈！原來這就是死亡！」

我覺得心境安適，沒有任何感到疼痛和不舒服的地方，也不覺得難過孤獨。我只是停不下腳，不知道自己該去哪兒、該做什麼，所以一直漫無目的的走著。

「我永遠都停不下來了嗎？」

我心想，在這裡等會兒應該會有人出現吧！不管見到誰，至少可以問問他，我接下來應該怎麼辦。

我隱約聽到嘩啦啦的流水聲，還有啪噠啪噠的踩水聲。

我環視了一遍四周，看到遠處站著一個人，但我只能看到那個人的輪廓，所以無法分辨他是男是女，我甚至無法確定他是不是人，但我可以肯定的是，他是在等我的。我朝他走去，他原地不動，光越來越亮，我更加看不清前面了。突然，在某一瞬間，耀眼的光消失了，我再一次沉睡了過去。

一個星期後，我恢復意識醒了過來。

負責照護我的護士告訴我，我已經昏迷一個星期。最初我聽到的聲音是：

—噓噓—

—嗶嗶—

—嘰嘰—

雖然聲音不大，但它反覆不停地響著，讓人感到心煩。我閉著眼睛，集中注意力聽著那些聲音尋找線索，但我仍然無法做出判斷，這裡是哪裡，那是什麼聲音，我身上發生了什麼事。聽了相當長的一段時間後，還是找不到頭緒，於是我睜開了眼睛。我吃力地抬起重若千金的眼皮，看到了天花板上的日光燈，還有對面床上掛滿的吊瓶和用線連接著的機器。

這裡是醫院。知道是醫院了，然後呢？醫院？那就表示我還沒死？

「是的，你沒死。」

身體像是在回答我一樣，全身的疼痛如同海嘯一般向我襲來。因為我扭動了脖子，我的脖子上戴著大型的保護套，喉嚨插著管子。我難受的恨不得發出叫喊，但我發不出聲音，而且我的兩隻手也被綁在床上。

護士站在床尾正在表格上寫著什麼，她無意間瞟了我一眼，然後立刻跑去找醫生過來。

#

醫生說，我能醒過來就已經是奇蹟了。這些從事最科學的現代醫學的學者，竟然用奇蹟來做結論，不禁讓我感到很無語。伯父、伯母和姨媽不停地唸著：「老天無情啊！」、「多虧了上蒼保佑啊！」可這「無情」和「保佑」明明就是相反的意思。但不管怎樣，他們都是想說這件事是人力所不能抗拒的。

雖然我是這起事件的當事者、被害者、倖存者，但我卻對整起事件全然無知。親戚、警察、醫護人員和保險公司賠償課的職員，還有允智，大家把各自知道的事（目擊者和救助隊員的陳述，經由很多人一傳再傳，因此有些內容大家講的都不同）都告訴我了。

事故發生在午夜十二點半左右，我們從休息站出發沒多久的時候。肇事車輛是一輛兩噸半的冷藏貨車，司機把裝載在冷藏貨櫃裡的食品送到代理店後，正在返程的途中。那個時間如果盡快趕回去就能回家睡覺，然後隔天清晨再出來。但如果晚了，就只能把車停在路邊，在車裡睡一下，接著直接再去取貨了。所以肇事司機當時也很趕時間，他和所有貨車司機一樣，沒有充足的時間和睡眠，貨車司機表情木然地承認了自己是疲勞駕駛。聽說他也不知道當下發生了什麼事，一直痛哭不已。

從貨車的煞車胎痕可以看出事故發生時，瞬間時速超過了一百四十公里。在睡魔遮擋住貨車司機視線的時候，一輛一千六百ＣＣ的進口車正與它並排同行，貨車司機握著方向盤的手頓時失去了力氣，他的腳不小心踩到了油門踏板，就在那一瞬間，貨車突然衝向了MINI COOPER。小巧圓胖的MINI COOPER被從側面突如其來的撞擊撞翻，彈力使得它又翻轉了幾圈，澈底翻了過去，隨即起了火。冷藏貨車的車頭嚴重破損，因為是平日夜裡，路上沒有多少車輛，所以沒有造成車輛的二次事故。

物理課上學到的牛頓第一運動定律是慣性定律，運動中的物體總保持等速直線運動狀態，雖然直線運動中的汽車和車內以同等速度運動的三個人，受到另一輛汽車的阻力衝擊，但仍需要一直運動。駕駛座和副駕駛座上的兩個人繫著三點式安全帶，因此他們與車輛一起翻滾，雖然安全氣囊有打開，但他們因所受的衝擊昏迷了過去。

問題在於車輛起火，由於車內的人無法憑藉自己的力量逃出車外，加上火勢迅速蔓延開來，坐在駕駛座和副駕駛座上的五十歲男女當場死亡。慣性定律對坐在後座的二十歲男性產生作用，由於他沒有繫安全帶，所以在車輛翻滾的過程中他被甩了出去，最後在距離事故現場一公里的地方發現了他。

當事人躺在高速公路路肩旁的草叢裡，周圍沒有樹木和其他建築物。物理定律中還有能量守恆定律，汽車行駛時若突然停下來，運動能量並不會因此消失，它會轉變為另一種形式。原本向前行駛的能量到哪裡去了呢？那個能量完整的傳達給了汽車和乘客，能量帶來變形，汽車凹陷下去，人也跟著變形了。

救助隊員發現我時，我的昏迷指數已經降到了最低，完全沒有睜眼反應、說話反應和運動反應。我失血過多，而且右腿澈底轉向了反方向，很明顯我的大腿骨折了。髀骨，即小腿骨也斷了，骨頭穿透了皮膚跑到了外面。

我立即被抬上救護車送往醫院，途中我因出血性休克，出現了第一次的心臟停止。人如果失血超過兩公升，便會無法呼吸、心跳停止，急救員在車內對我實施了心肺復甦術，幸運的是我的心臟再次有了跳動。

但在急救室裡，我又出現了第二次的心臟停止，這次由急救醫學科、麻醉科和外科組成的外傷昏迷小組對我進行了插入氣管導管，利用甦醒球輔助我呼吸，同時實施了心外按摩。心臟再次恢復功能後，我被送去做了全身的ＣＴ檢查，緊接著做了急救手術。

此次事故的結果，對我帶來了極大的打擊，正因如此，對我來說毫無現實感可言。除了失血過多引起的心臟停止以外，我還出現了右大腿骨粉碎性骨折、髀骨外向性骨折、腳踝和左肩膀脫臼、肝臟和兩側肺葉受損、肋骨骨折以及頸椎間盤突出，我簡直是處在粉身碎骨、內臟支離破碎的狀態，我的身體被撕裂、被擊碎、被扭斷、被搗碎、被摧毀了。

我產生了疑問。

「為什麼我沒死呢？」

我一點也不覺得活下來是幸運的，更不覺得能活下來是什麼好事，因為肉體是痛苦的，精神比肉體更加痛苦。我的父母去世了，突然間家人就這麼消失了。我是法律上的成年人，可以購買菸酒，擁有投票權。但我未婚，還是跟家裡拿學費和零用錢的學生，至今為止我都是吃媽媽準備的飯菜長大的。菸酒根本不能成為區分成年與未成年的標準，我還是個孩子，忽然之間我成了無依無靠、孤苦伶仃的孤兒了。

如果我也死了，那事情就簡單多了，活下來才發現，還有那麼多複雜的事情在等著我。我是父母的喪主，但因為我一直昏迷不醒，所以連葬禮都還沒有舉辦。人一生所必經的冠、婚、喪、祭，其中的「喪」擺在了我面前，還有警察調查、汽車保險問題、醫院治療以及治療所需的費用……

身為事件的當事者，所有的事情都需要我來判斷、決定和簽字。我在鬼門關繞了一圈回來，已經筋疲力盡了，現在還要用各種形式和手續折磨我，要我為活下來負責。人們拿著各樣的文件出現在我面前，要我同意這個，選擇那個，做出決定。可我擔心的是，未來的日子要怎麼活下去，我還能用自己的雙手吃飯嗎？還能自己走著去廁所嗎？上了廁所以後還能自己處理好後續嗎？腦子裡充斥的擔憂和胸口積滿的難過，讓我覺得整個人要爆炸了一樣，我沒有一絲餘力在保險公司職員堅持要閱覽治療紀錄的同意書上簽字。

折磨我的不僅有這些文件，大家還強迫我要為「活下來」感到高興。姨媽把父母遭遇的不幸稱為「老天無情」，但又把活下來的我看作是「蒼天眷顧」。

父母的死因來自車輛火災，在繫好安全帶和安全氣囊及時打開的情況下，可以明顯降低死亡率，但父母卻因繫了安全帶沒能逃出來，而死在了車裡，相反的，我卻因沒有繫安全帶活了下來。最初出發時我是有繫安全帶的，但離開休息站時卻忘記了。不繫安全帶的死亡率高，但我被甩出了車外，因此逃過了火魔。如果我甩出車外時落在路面上，一定會被隨後而來的車輛撞到，但我被甩到了車道外圍的草叢裡，草叢比路面柔軟，加上前一天下過雨的地面也很鬆軟，周圍沒有岩石和建築物，我也沒有撞到樹和路燈，這簡直就是天運。

我已經對調查事故的人講了上百次，我什麼都不記得了，最初受到撞擊時，我就暈過去了。正因為如此，我渾身失去了抵抗力，所以身體變得十分柔軟。出事的那一刻，如果我緊抓住什麼東西，堅持不被甩出去的話，反倒會傷得更嚴重。失去意識的身體任由擺佈的甩來甩去、撞來撞去，就因為這樣，我被甩出去落在一公里以外的地上也沒有死。

事故地點位於S市的近郊，S市擁有韓國體系最完善的重症外傷中心所屬的大學醫院。事故發生後，一一九急救隊立即趕到現場，有經驗的急救隊員在移動的車內對我進行了心肺復甦術，僅十七分鐘便抵達了醫院。平日午夜過後的馬路暢通無阻，收到通知的重症外傷組準備就緒，在決定生死的黃金時間裡，我被送上了手術檯。

隨著住院時間的拉長，我跟一個急救室的實習生成了朋友，他跟我講了好幾次自己那天衝鋒陷陣的故事。

「出現心跳停止後，急救復甦小組必須在五分鐘內採取措施，如果做不到，你就死了。但就算活下來，大腦缺氧超過五分鐘的話，腦也會受到損傷的。這樣一來，後遺症就會更嚴重，有可能出現四肢麻痺、口齒不清或者直接變成植物人。」

「是你救了我嗎？」

「當然了，是我幫你做的心外按摩。哎唷！別提我有多賣力了，後來我去吃飯的時候，手指和胳膊都抬不起來了呢！當時情況緊急，我連胳膊痠疼都沒察覺出來。」

這個實習生會不會是第一次對心跳停止的病人實施心外按摩呢？可能那之前他用人體模型做過很多次訓練。

「雖說是按摩，可是要用很大的力氣呢！一分鐘要按一百次以上，比起全力以赴實施按摩的人，辛苦承受的病人搞不好還會出現肋骨骨折呢！」

照他這樣講，我的肋骨骨折很有可能是因為做了心外按摩？沒有人在乎我的肋骨是在事故當時折斷的還是在做了心外按摩以後。但作為當事者的我，比起造成心跳停止的大腿骨骨折，更加令我痛苦的是肋骨骨折，因為每次呼吸胸口都會痛。吸氣時肺部會膨脹，膨脹起來的肺會在體內對肋骨施壓，而斷了的肋骨，就算是遇到極小的刺激也會發出吶喊，所以更不要說是咳嗽或是笑出來了。因為不能咳嗽，嗓子有痰的時候就要用吸管把痰抽出來，那種痛苦也超乎想像。因為肋骨骨折，我像毒品中毒的人一樣不停地需要止痛劑。

「止痛劑！幫我打點止痛劑吧！」可儘管如此，在幫我做心肺復甦的那個實習生臉上，卻找不到絲毫的歉意。活下來就不錯了，還想怎樣啊？他是那樣理直氣壯。

那個我稱呼他張醫師的實習生，在我離開加護病房時，主動要求跟我合影留念。張醫師害羞的笑著說：「就當作是紀念。」

我是他親手救活的首例病人，他當然希望紀念一下了，他沒有在做心臟按摩的過程中比出「Cheese」自拍就已經是萬幸了。

過了一段時間，我問他：

「醫院對任何病患都會做心肺復甦術嗎？」

「嗯……不好講，條件符合才會做。如果事先簽了DNR，也就是放棄搶救的話，我們是不會做的。如果是突然被送來的急救病人，那就要由醫生來做判斷了，是要積極搶救，還是救了也無濟於事……」

「那我算是積極搶救的例子了？」

張醫師笑了笑。

「當然了，你那麼年輕，死了多可惜啊！」

年輕人死了可惜，年輕人還可以活很久，因為活著可以工作、賺錢、為社會做貢獻，所以死了會可惜。那上了年紀的人呢？退休後，只剩下花錢的事了，老人花費社會資源，領取退休金和享受老年福祉，所以那還不如死掉算了？如果本人可以做出選擇那倒還好，覺得可惜的話就選擇活下來，覺得活夠了沒什麼可惜的了，那就選擇放棄。可是，如果選擇是他人作出的呢？那選擇的標準又是什麼呢？年齡成了判斷哪些病人要盡全力搶救，哪些病人可以放棄搶救的標準。

所以說，因為我還年輕，所以他們把我救下來了。我想到了父母，如果他們被送到醫院時還活著，醫生會對他們實施心肺復甦術嗎？五十多歲的話，會覺得可惜嗎？我爸還沒退休，他才剛剛升職當了高階主管，公司還配了車給他，我媽正為此高興不已呢！

每次張醫師見到我，都會露出心滿意足的微笑，他這是希望我少說廢話，要我為自己活下來感到高興，但我卻故意不理睬他。姨媽來看我時，也反覆強調這是上蒼保佑，我心裡發著牢騷，死裡逃生是萬幸，可難不成還要我跳舞嗎？

第二次的心臟停止，真可謂是死而復生。

在被稱之為「昏睡狀態」的那段時間裡，我感受到了死亡。

我心想「我是死了。」我看到了光，記憶中的那道光也許是手術室的無影燈吧？在我昏迷期間，醫生用了長達八個小時的時間來縫合我爆裂的內臟、血管，期間十萬勒克司的無影燈一直照射著我。我追趕著那道光，是因為那道光我才有幸回到了今生嗎？

那水聲又是什麼？我明明聽到了水聲。很長一段時間我都在好奇，直到某天碰巧看了電視劇才解開了這個疑惑。電視裡出現了急救外科手術的畫面，那是在做開膛手術，醫護人員為了清洗病人腹中積血，利用像水瓢一樣的不鏽鋼醫療器材往病人腹中倒水。一瓢、兩瓢，手術室的地上像發了洪水似的到處都是血水。

我聽到的水聲，就是手術過程中的聲音嗎？如果是這樣，那個人又是誰呢？明明有一個人站在那裡的，難道他是站在手術室裡的醫護人員？

#

允智來加護病房探望我，她的眼睛都哭腫了，因為沒吃東西，臉頰也削瘦了。她穿著預防感染的隔離長袍，戴著隔離帽，一臉擔心的看著我。見我恢復了意識沒有死掉，允智失聲痛哭了起來，她傷心地抽泣著，加護病房裡的醫生和護士都看了過來。雖然我的父母過世了，自己的身體也變成了這樣，但我也沒哭成她這個樣子。女生哭的時候，男生應該緊緊地把她抱進懷裡，或者把手輕輕地放在她的肩膀上。可我因為肋骨骨折，所以不能去抱允智，我只能把手放在她的肩膀上。當我吃力地抬起手時，全身的痛楚突然襲來，儘管我很想用手心的溫度給她安慰，但我還是不得已的悄悄放下了手。

允智每天都會來看我，加護病房每天只允許兩次會面，允智因為要上學，所以上午不能來，下午四點的會面時間她才會出現。

大部分來探病的人都是阿朱媽，她們來探望躺在加護病房裡的婆婆、公公或丈夫，她們會哭一場然後離開。有時也有幾名家屬一起進來的時候，因為家屬不能跟躺在加護病房裡的病人聊天，所以她們只能站在遠處看著病人，或者上前摸摸他們的手，給他們按摩幾下腿。但我總能聽到護士指責他們，叫他們不可以隨便亂摸病人。

加護病房沒有家屬可以待的地方，病房門外的幾張長沙發，就是為家屬準備的全部設施了。家屬們在那裡吃飯、睡覺，他們把毯子、牙膏、牙刷、香皂和毛巾用塑膠袋裝好，繫得結結實實的，等到晚上鋪好毯子，蜷著身子睡在沙發上，他們就像經歷了戰爭和災難的難民一樣。在這裡也有嚴格的排名和規則，排名是按照進來的時間順序，基準就是看誰在這裡待得最久。哪怕只是在這裡多待一天的人，也能得到最裡面的、不被風吹到、不被來回走動的人打攪到的位置。

長期住在這裡的人，日用品也會漸漸多起來，有的人甚至帶來了小型電子暖爐。如果是在普通病房，家屬會在病人走動、吃飯、上廁所、接受檢查時，成為他們的手腳幫助他們。但在加護病房，這些事情都要交給護士，家屬不僅無法看護病人，就連見他們一面都很難，每天兩次的會面時間，只能進去見他們十幾分鐘。對於昏迷中的病人來講，會面時間是毫無意義的，嚴格來講，家屬根本沒有理由整天守在病房門外，儘管如此，很多家屬還是依靠一把椅子，不分白天黑夜的守在那裡。

他們在等待。等什麼呢？當然是在等病人康復了。他們守在門外為家人祈禱，期盼著他們快點轉到普通病房。不過，他們也在等待另一件事，那就是死亡。為了最後能與家人在一起，不想家人孤單地面對死亡，那些守著臨終的家屬，帶著緊急通知家人的任務等在門外。

這些像難民一樣守在加護病房門外的家屬當中，允智自然很引人注目，她又年輕又漂亮，還梳著一頭清秀的長髮。大家帶著同情的口吻問她：

「誰生病了？」

「男朋友出了車禍。」

「哎唷！那傷得一定不輕吧！」

「是的。」

「唉！年紀輕輕的就這樣。不過，年輕人恢復得快，妳要打起精神來，知道嗎？」

「嗯！謝謝。」

允智身材苗條、皮膚白皙，就像悲情故事裡的女主角一樣，她很適合那種至真至純的愛情。大家都以讚歎的表情注視著從不缺席、每天都來醫院的允智，這也成了她的動力。

雖然整日守在加護病房門外的人是姨媽，但她總是排在允智後面來看我。允智進來看我時，姨媽會跟在後面，允智哭泣或是跟我講話的時候，姨媽只是站在一旁。但當她有了講話的機會時，也只是重複唸著「上蒼眷顧」、「老天無情」和「你什麼都不用擔心，只要想著恢復健康」。姨媽的話讓我覺得，我就是一個心事重重、不能自理的人。我猜，她和允智也相處不好。

我在加護病房整整生活了兩個月。事實上，那是根本無法用「生活」來形容的日子，我就像毛毛蟲，不！更像是蠶蛹一樣。

我躺在床上完全不能動，只有手指和腳趾能微微動一動，手臂也只能稍稍抬起而已，我甚至連頭都不能轉。當然，就算是身體能動，但在加護病房裡是絕對不允許離開病床的。我身上插著很多輸液管和引流管，還連接著各種電子設備，它們又與各自所屬的大螢幕相連，要想帶著這些東西走動，簡直是不可能的事情。

我轉動眼球看向腳底，負責我的護士總是抄寫著什麼。加護病房入口處的護士站，二十四小時一直有人，守在門口的男人身著西裝，他們像特工一樣，耳朵上戴著監聽器。他們負責的工作是阻止非會面時間要進入加護病房的人，會面時間時，他們會確認家屬身分，然後分發寫著「會面」名牌，等會面時間結束後，再回收那些名牌，這些人以非常認真的態度參與著這項工作。

我被澈底孤立了起來，我什麼也不能做，也不能聯絡任何人。我沒有手機、錢包、衣服，我甚至不知道我的東西放在哪裡。加護病房完全沒有私人的空間，負責我的護士一直監視著我，吃飯、上廁所、洗澡和換衣服都由她來決定和處理。

這是澈底的監禁與孤立，有從這裡逃出去的方法嗎？我為逃走做了計畫。

當然這只是玩笑而已，因為躺在那裡什麼也做不了，只能靠想像設計計畫，然後像漫畫那樣去想像，我被來路不明的惡勢力綁架，關進了這裡。雖然不知道他們綁架我的理由，但我卻成了他們嘗試危險實驗的「馬路大」。他們把我綁在床上，把電子設備連接在我身上，給我注射了來路不明的藥物，然後記錄每個小時發生的變化。這個實驗並未受到批准，如果試驗成功的話，沒有人會知道人類將處在怎樣的危險當中，因此我必須要逃出去！

首先，我必須切斷這些電源，要找到配電盤才行。燈滅後，我要敏捷地藏到床底下……不對，應該躲進裝回收床單和病人服的大桶裡吧？配膳車呢？醫院的配膳車那麼大，躲在裡面應該可以很自然地被送出去吧！不如偽裝成打掃衛生的阿朱媽？用空手道打暈她，然後脫下她的衣服……

我仔細觀察著周圍，努力思考，但就算設計出了計畫的細節，得出的結論也都是一樣的——離開這裡是不可能的。

05

我第一次看到那個的數字是在加護病房裡。

一個如同枯樹葉一樣皺皺巴巴的老奶奶，被送進了加護病房，她比國小生還要瘦小，她蜷縮著身體側躺在病床上，彷彿用一塊布就能把她包起來似的。老奶奶的身體已經毫無生氣了，整個身體彷彿用整形外科測試膝躍反射的錘子敲一下，就會唏哩嘩啦的碎掉一樣。

老奶奶側躺著身體，很難連接各種裝置，護士想方設法讓她躺平，但她發出痛苦細長的呻吟聲拒絕了護士。沒辦法，護士只好讓老奶奶側身蜷曲著身體，以毛毛蟲的姿勢躺在那裡，就躺在我對面右側角落的病床上。

因為我無法轉頭，所以視線只能固定在一處。護士為了預防我得褥瘡，每隔一段時間便會幫我調整姿勢，我的視線也會隨之改變。老奶奶被送進來的那天下午，護士幫我向右側調整了姿勢，我剛好看到了她的背。

老奶奶的背上印著阿拉伯數字「6」，剛開始我還以為那是病人服上的數字，而且它還發出淡淡的綠光，我想也許那是用螢光塗料印上去的。數字的大小比運動員運動服背後的數字要小一些。我感到很奇怪，因為其他病人的衣服上都沒有數字，只有老奶奶的身上才有。

那個數字是醫院的統一編碼嗎？為什麼只有老奶奶穿著印有統一編碼的病人服呢？可是這個號碼也太短了，還是說她是特別管理的對象？難道她得了什麼罕見病？她得了至今仍未命名的罕見病，所以才會用數字來標示？

用數字來標示人是很平常的事，在公家單位、金融機關、學校或是其他公共社會領域，代表自己的就是數字。首先是身分證號碼，要想確認身分，不用看本人，只需要身分證號碼，還有學號、手機號碼和醫院病歷號碼……等，所以說，在衣服上印著數字並不算是什麼奇怪的事情。

沒過多久，我便發現了那個數字不是印在病人服上的。如果病人服被血液或藥水浸濕的話，隨時都可以換下來，若沒有意外，一般都會在每個星期二和星期五換病人服。看護拿著新的病人服進來時，她手裡的衣服上沒有數字。隔開病床的簾子拉起來後，傳出了老奶奶難受的呻吟聲，跟著是沙沙作響的聲音。接著簾子拉開，我擔心地看過去，只見老奶奶的身子仍蜷曲著，但側身的方向換邊了，因此我看不到她的背。

我再次看到她背後的數字，是在那天夜裡。

老奶奶再次以毛毛蟲的姿勢背對我時，我看到了那個數字。但奇怪的是，數字發生了變化，它從「6」變成了「5」。我瞪大眼睛看著那個數字，它仍舊發著微弱的光，不管我怎麼看，那個數字都不像是印在衣服上的數字。很明顯，數字是漂浮在空中的，它不是印在衣服上的，它是照在老奶奶背上的。那是什麼裝置啊？為什麼那個數字會照在人的身上？那道光又是從哪裡照射來的呢？我雖然很好奇，但卻沒辦法開口問人，因為我怕聽到讓人害怕的答案。

又過了一天，老奶奶背上的數字變成了「４」。原本我還在猜想會不會變成「４」的，誰知它真的變成「４」了，我的心頓時沉了下去。老奶奶滿身連接著心電圖、脈搏氧氣測量器和點滴，但數字每天都在遞減。

我帶著某種執著的期待感觀察著老奶奶，那時我產生了某種預感。因為我無法二十四小時觀察她的背，加上護士會不停地更換老奶奶的姿勢，所以我有時能看到她的背，有時看不到。而且我也不停地被改變著姿勢，所以有時面向老奶奶，有時則面向空白的牆壁。當時機到了，我便會集中注意力去觀察老奶奶。

等到數字變成「１」的時候，我看到數字的顏色發生了改變，原本綠色的數字變成了紅色。隨著時間經過，數字開始一閃一閃的，暗下去後又再次發出微弱的光亮。我心跳加快，快來人啊！那裡……看看她，那裡就要發生什麼事情……雖然我也不清楚，但肯定會有事情發生的……

醫護人員也發覺到了什麼，他們也察覺到了我預感的事情。

加護病房裡變得忙碌起來，雖然沒有人講話，但我可以聽到他們加快的腳步聲，還有物體撞擊的聲音、翻閱紙張和敲打鍵盤的聲音，設備發出嘰嘰喳喳、嘀嘀咕咕的聲響。醫生趕來查看老奶奶，緊接著上了年紀的醫生也趕來了。還沒到會面時間，護士就把等在外面的家屬叫了進來，醫生、護士和進來的幾個人圍在老奶奶的床邊，護士小聲告訴醫生：

「他們申請了DNR。」

DNR代表家屬拒絕進行心肺復甦術。所有人都注視著螢幕，脈搏漸漸變得緩慢了，嗶嗶的聲響也緩慢地拉長了。老奶奶的心臟還在跳動嗎？螢幕上的曲線已經平了，醫護人員盯著螢幕，家屬也跟著一起注視著螢幕。

這種瞬間，他們為什麼要盯著螢幕呢？難道不應該再多看老奶奶一眼，多聽一次她的呼吸，多握一握她那還有溫度的手嗎？家屬們都站在一旁顯得不知所措，每個人就只是盯著螢幕，這就是加護病房裡面對死亡的場景。

最終，心電圖的曲線變成了一條直線，醫生宣布了死亡。老奶奶的家人哭了出來，但這裡是不允許失聲痛哭的，加護病房異常安靜，家屬們自己用拳頭堵住嘴巴，鎮靜了下來。

醫護人員有條不紊地行動起來，他們迅速地把家屬請了出去，跟著拔掉了老奶奶身上的所有管子和針頭。簾子被拉起來了，他們應該是在幫老奶奶換衣服。在簾子被拉起來以前，我看到了老奶奶空曠的背脊，上面沒有任何數字。伴隨著老奶奶的死亡，背後的數字也跟著消失了。

護士再次把家屬請了進來，這是為了讓他們做最後的道別。再次走進來的家屬顯得比剛才鎮靜許多，他們或許是已經做好了心理準備，又或許是無法接受眼前的現實，再不然就是考慮到加護病房裡其他病人，他們安靜地撫摸著老奶奶，拉直她的雙腿時也一聲不語。面對親人的死亡，比起難過，他們表現更多的是啞口無言和不知所措。

#

我不知該如何是好，腦子裡一直在追問這是怎麼回事？我想努力去思考，可腦子裡卻一片空白。

我目睹了死亡，那如同燭光熄滅時，忽明忽暗後瞬間熄滅的死亡。我「聽說過」很多的死亡，就在不久前我失去了雙親，但那也只是聽說而已。那是我無法相信，在毫無現實感的情況下被「告知」的死亡。讀國小時，我養的倉鼠死了，養在浴缸裡的孔雀魚也成群的死了，其他的魚也跟著相繼地死了，但那也只是目睹了死亡的對象，而不是生命消亡的過程。

老奶奶的死帶有一種可怕的安靜和朦朧，原本散發著微微綠光的數字，變成了忽明忽暗的紅色數字「１」，然後一閃一閃地……，就那樣熄滅了。

我聽到了死亡的聲音，那瞬間呼吸停止的聲音。嘆息，離開人世時留下的深深嘆息，「唉！真是孤單，現在總算可以休息了。」在維持生命期間，她送出了最後那一口氣。人哭著降生，卻嘆息著離開，還有，背後那一閃一閃的數字也會消失。

第一次目睹的死亡，比我想像的還要自然，死後的過程也很井井有條。然而我的身體卻像被抽走了靈魂一樣，身體彷彿深陷在地裡面一樣，我的意識也在別處遊蕩著。

因為數字，而不是死亡，我看到的是她身上的那個數字。那個代表老奶奶即將死亡的數字，敘述著細節的數字。我已經預想到了，那個數字代表著有生之日，當「１」變成「０」的瞬間，死亡便會來臨。

我可以看到死亡……我可以事先預知死亡，我怎麼了？我被鬼神附身了嗎？如今，我忽然失去雙親，變成了無依無靠的孤兒，肉體也已經支離破碎，難道這些還不夠，還要讓我經歷什麼嗎？

那一整天，我都在閉著眼睛睡覺。就算睡不著，我也不敢睜開眼睛，因為我害怕看到另一場死亡。睡一覺就當什麼事都沒發生，所以我不想醒來。會面時間，允智和姨媽盯著裝睡的我，短暫停留後就走了。我閉著眼睛想，會不會是自己搞錯了？不是說身子弱會產生幻覺嗎？我現在處在最虛弱的狀態，一定是出現了幻覺。如果是因為車禍的後遺症引起的幻覺，那就要接受治療了，無法用言語形容的憂鬱，支配著我的整個身體。

隔天允智來看我，她穿著粉紅色的毛衣搭配著花裙子，腳上踩著一雙紅色平底鞋。在整個只有白色和褪了藍色的醫院裡，只有允智是彩色的。允智把存在手機裡的照片拿給我看，照片裡的樹枝一邊開著花，另一邊卻枯萎了。

「元永，你看，這棵看似枯萎了的樹枝也能開出花來，好看吧？」

允智看到那棵毫無希望的樹上開出了花朵，希望我也能對人生充滿希望。我猜如果我的病房窗戶可以看到常春藤的話，恐怕允智會在那裡畫下葉子。可惜的是，加護病房連扇窗戶都沒有。

我對抽空來探望的允智發了脾氣，我有成千上萬個發脾氣的理由：我意外地成了孤兒；因為多發性骨折和內臟損傷不知道要住院多久；我沒辦法洗澡，頭髮出油，渾身散發著臭味；那次看到奇怪的數字以後，我恐怕連腦子也出了問題。撐住這一切就已經夠讓我難過的了，什麼花都拿去餵狗吧！

允智雖然很傷心，但她沒有發火。一個全身綁著繃帶，像蛹一樣躺在床上的男人，和一個如初春嫩芽般清新迷人的女人，女人忍受著男人的壞脾氣，忍耐著他的無理取鬧。我故意激怒允智，叫她以後不要再特意跑來看我了，但允智還是耐心地哄著我。允智什麼也沒做，但我卻在那裡無理取鬧地叫她不要再管我了。

心地善良的護士安慰了允智，她拍了拍允智的肩膀，勸她說病人目前精神上很難接受現實，叫她不要跟我計較。護士在我面前講出這種話，我聽得一清二楚，即便是從客觀的角度來看，我確實是一個很糟糕、讓人同情的傢伙。

允智眼裡含著淚，傷心地點了點頭。可就是這樣，允智還是對我笑了笑，她可真是犧牲奉獻的化身。

「你保重哦！我明天再來。」

允智轉過身去，轉身離開的允智！

如果可以，我肯定會猛地從床上起來，雖然我被嚇得試圖想要起來，但身體卻只能抽動一下而已。允智的背，那件粉紅色的毛衣上，同樣可以清楚地看到綠色的數字，兩萬以上的五位數數字。允智也有數字，昨天也有嗎？我不肯定，因為我不記得昨天看到過她的背影。

那其他人呢？我拚命地轉動眼睛，因為無法轉頭，所以看到的範圍有限。我看得最清楚的是天花板，最難看到的就是病人的背了，因為他們大部分都背貼在床上仰躺在那裡。

允智走後，不管誰走進我的視野，我都會執著地盯著他，想要捕捉到他轉身的瞬間，好確認他的背上是否也有數字。我看到的主要是醫護人員，然而不管是誰背後都有數字，每個人都擁有自己的「Back Number」。每個人的數字都不同，有的人數字很亮，有的人卻模糊得看不清楚。總之，每個人都有，不管是誰，人人都有。

會面時間，姨媽戴著隔離帽進來了。

「姨媽。」

「嗯！他們說你恢復得很好，這是老天爺眷顧你啊！等你轉到普通病房，姨媽給你熬些有助骨頭癒合的牛骨湯，他們堅持說這裡不許送吃的進來。」

「姨媽。」

「嗯！元永，姨媽在這裡。天啊！看看你這張臉瘦的，比明星俊俏的臉蛋都瘦成一半了。等轉到普通病房，姨媽給你做好吃的，把你打扮得乾乾淨淨的，迷倒那些護士。」

「姨媽，妳能轉過去嗎？」

「嗯？」

「給我看看妳的背，轉過去一下。」

「嗯?背怎麼了?」

姨媽一臉不情願地轉了過去。

「怎麼了?背上有什麼東西嗎?」

姨媽把手伸到背後拍了幾下。

「妳不要動。」

我觀察著姨媽的背，也談不上什麼觀察，姨媽的背上也有數字，一萬以上的數字。我細細查看那個數字，果真它不是印在衣服上面的。雖然數字隨著衣服的皺痕出現了曲線，但細看的話會覺得它像是稍稍懸在衣服上一樣。我把可以動的右手抬起來放在姨媽的背上，數字不見了，手拿開後，又看到了淺綠色的光，遮住一半的話，可以看到另一半。如果這是從外部照射過來的光，應該會照在我的手背上，但它並沒有。

「姨媽。」

「嗯?元永，所有的事姨媽都會幫你處理好的。你什麼都不用擔心，安心靜養，只想著你自己就行了。只要日子一天天過去，一切就都會好起來的。」

「姨媽，妳看到那邊的護士了嗎?」

姨媽看了一眼站在加護病房工作檯前的護士，她剛好背對著我們站在那裡。

「她背上沒寫什麼嗎？」

姨媽皺起眉頭，打算看個仔細，雖然我能清楚地看到護士背後浮現的五位數數字，但姨媽卻看不到。

「寫什麼了？什麼也沒有啊！唉！上了年紀，眼睛也花了。沒有老花眼鏡，我連報紙也看不了，不過遠的東西我還是能看到的。」

我什麼也沒說，姨媽就朝護士走了過去，她上前觀察起人家的背。護士轉過身詫異地看著姨媽，姨媽無緣無故地拍了幾下她的背。

「沒事，我以為妳後面黏了什麼東西呢！護士小姐真是辛苦妳了。」

姨媽走回我的病床前。

「元永啊！不要操心人家的事了，照顧好你自己的身體。不對，這身體也不用你操心，乖乖照醫院教的去做就行了，其他的事情姨媽都會幫你處理好的。聽人家說紅花籽和刺五加對骨頭好，姨媽都買好了，等你轉到普通病房再煮給你喝啊！」

「姨媽，妳能把外衣脫下來嗎？」

「元永啊！姨媽跟你說。」

姨媽邊說邊把紫色的外衣脫了下來，還沒等我說，她就轉過身背對著我了。姨媽很爽快，雖然她不知道為什麼要這麼做，但既然我想看，她就照做了。脫掉外衣後，露出的藍色襯衫上還是顯示著數字。

姨媽家住在鄉下，她帶著行李，吃住都在加護病房門前守著我。每天有兩次、每次二十分鐘的時間可以進來看我，允智用掉一次會面的時間，剩下一次留給姨媽。二十分鐘的時間裡，她會把所有安慰我的話講一遍，然後利用剩下的十分鐘追問醫護人員究竟如何治療、病情到底有沒有好轉等等。

姨媽本來是個大忙人，她個性開朗又愛活動，一個星期排滿了聚會，聚會上認識的那些人沒有不知道的事情。關於處理我的問題，那些人給了她成百上千條的建議。

「孩子，人家說……」

「元永啊！姨媽認識的那個人說……」

那些人除了知道車禍後要吃什麼補身子以外，還懂得如何應對保險公司的人（不能表現出缺錢的樣子，要盡量拖延和解，營造出要提起訴訟的氣氛），該如何與肇事者協商（刑事和解金與賠償金要分開，兩份都要拿到），姨媽身邊都是律師和保險估價人員（他們不是姨媽認識的人，都是認識的人的朋友的妹夫之類的關係），這些以有過車禍經驗的前輩身分而給建議的人，真是「遍布滿天下」了。

姨媽朗誦了一遍術後有助傷口癒合、長好骨頭、恢復元氣的食物後，就不捨的離開了。

我連句「慢走」都忘了跟姨媽說。我很肯定的是，其他人看不到數字，只有我能看到那個「Back Number」。

#

「Back Number」是每個人剩下的壽命，每天確實在遞減的數字，證明了它就是指人的壽命。想想很簡單，有什麼是一天過去後會減少的呢？答案當然是「Day」，也就是「天」了。不管那天是什麼日子，聯考也好，大喜的日子也好，還是臨死的日子……，無可否認的是，過一天少一天的事實。

每個人的背後，每天都會減少一個數字，但我不確定當數字變成「1」的時候，是不是所有人都會面臨死亡。當然，在加護病房看到的老奶奶是個例子，但僅此一個例子是不夠的，也許那次只是巧合。因此，為了確認這件事，我還需要更多的例證。

我躺在床上，很難看到其他病人背後的數字，因為他們也都我一樣平躺在床上。進入我視線的只有家屬和醫護人員，但他們都是健康的人，很多人背後都是五位數的數字。我也碰巧看到過四位數或三位數的人，但我無法等待那些數字消失，我必須得找到兩位數，如果可以，最好是個位數的人。

沒有比加護病房更適合觀察實例的地點了，這裡躺著的，都是生死未卜的重症患者，很多人都無法自己呼吸，他們當中一定還有個位數的人。

但是在找到適當的觀察者之前，我離開了加護病房，轉到普通病房。

姨媽高興極了，她相信只要多做些有益身體的食物，讓我吃下後病情就會好轉。姨媽還因為來看我時不用再戴隔離帽而感到高興。姨媽的髮量少，所以她總是把頭頂的頭髮吹得很高，因此她不喜歡戴帽子，生怕把頭髮壓扁了。就因為這樣，每次她到加護病房時，都在擔心要戴隔離帽。姨媽感嘆這真是萬幸，如今再也不用見我一面就得走了，可以一直守在我身邊照顧我。但我卻嚴肅地對姨媽說：

「姨媽，幫我找一個看護吧！」

「元永啊！有姨媽在就可以啦！姨媽做得也很好啊！」

「我不要。」

我不是因為她是姨媽所以不喜歡，就算是親媽我也不要。我無法接受自己突然變成了所有人的累贅，也無法承認這種毫無疑問的可憐處境。我討厭那些假藉血緣而對感情的榨取，我不希望在這種關係裡消耗感情，幸好我們擁有了可以用金錢購買服務的方法。姨媽跟護士說後，護士給了姨媽三個看護仲介的電話號碼。

#

允智到普通病房來看我時，我叫她把病床四周的簾子拉上。

「幹嘛？」

允智不安起來。女朋友不同於母親和妻子，雖然我和允智的關係已經進展到本壘了（暑假時已經一起去旅行了），但我們還沒有在對方面前放過屁，允智做夢也不願去想我的性器官除了可以用來做愛，也可以用來排泄。我們只是情侶關係，換句話說，我們還處在只把對方幻想成羅曼蒂克的對象。我從允智的無袖襯衫袖口看到她光滑的腋下時，會覺得渾身像通了電一樣發麻，但我卻不想看到她用鑷子去拔腋毛，或者是用剃毛刀除毛、塗抹腋下專用除毛膏的樣子。當然，允智也跟我一樣。

允智幻想著「與受了傷的男人談戀愛」的場景，病床上憔悴的男人與照顧他的柔弱女子，女人用熱毛巾一根一根擦拭著男人細長的手指，或是把男人的頭抱在懷裡，用浸濕的紗布潤著他乾燥的嘴唇。

另外，這樣的畫面也不錯：女人用湯匙盛起一口粥，她怕太燙，吹了兩下，但男人卻搖頭不肯吃，女人心疼地看著男人，希望他再多吃一口。

但是像吃力地把男人的屁股抬起來脫掉褲子和內褲，然後把病人用的便盆置於臀下，或者是手指上纏好消毒紗布，幫他清理牙齒污垢這種事，就根本不適合情侶了。可偏偏允智在場的時候，護士正好要幫我灌腸，允智在病房門外的走廊等了好一陣子，我也因為偏偏她在場被灌腸這件事感到鬱悶。

允智回到病房後，幫我整理了額頭凌亂的頭髮，用力按了按我沒有受傷的右手。其實，她做的這些事都跟看護病人完全無關。

我叫允智拉起簾子時，她緊張了。我是想看看允智背後的肌膚，雖然我很肯定數字不是印在衣服上的，但是我還想再確認一下，在皮膚上是否可以看到那個數字。

在醫院，即便是拉起了簾子，也不代表確保了私人空間，雖然看不見，但我發出的微弱聲響，還是會被隔壁床病人聽得一清二楚。

「脫掉上衣。」

「什麼？」

「脫一下啦！」

允智把聲音壓得更低。

「幹嘛？你瘋了嗎？」

「我有事要確認一下。」

允智臉紅了。真是的，我不是那個意思啦！

「不是，我只是想看看妳的背，就讓我看一下吧！」

「你到底想幹嘛？」

「拜託！」

允智見我突然不耐煩起來，她的表情沉了下來。我一下子沮喪起來，自己小聲嘟囔著：

「對不起。」

允智低聲嘆了口氣，小心翼翼地脫下了毛衣。雖然允智不是第一次在我面前脫衣服，但在掛著床帳的高檔汽車旅館床上脫衣服，和在即使拉上簾子卻連喘氣聲都能聽得一清二楚的六人病房脫衣服是不同的。不明白理由的允智一定是覺得被侮辱了，看到允智脫下衣服，我感到很內疚。

允智默默脫下衣服後，她抱胸轉身背對著我。細長的胸罩帶橫穿過允智的背，正如我預想的那樣，以胸罩掛鉤的地方為中心，大大的綠色數字正在允智的背上發著光。數字比幾天前減少了，皮膚上的數字比任何時候看到的都要亮。

我情不自禁地嘆了口氣，允智以為嘆氣是信號，於是快速地穿上了衣服。允智轉過身來，表情顯得更僵硬了。允智該不會以為我是變態吧？我不在乎她誤會我，不管怎樣我都應該告訴她：「妳的『Back Number』是 23654，妳還可以活 23654 天。」

可是我沒能講出這句該說出口的話。首先，連我自己也還沒搞不清楚這種莫名其妙的狀況，不被別人相信時會讓人感到氣餒，自己不相信自己時，就更加讓人感到氣餒了。

#

轉到普通病房過了很長一段時間後，我才又看到了「Back Number」是個位數字的人。

那是在去檢查室的途中，我躺在移動病床上被推到電梯門口。醫院的電梯總是滿載，因為醫院不單病人多，來探望病人的人也很多。

電梯門口已經有一張移動病床等在那裡，一個穿著病人服的四十多歲男人坐在病床上，雖然他吊著點滴，但從外表看身體並無異樣。看上去像是妻子的女人站在他身邊，從女人吹好的髮型和價格不菲的紫紅色風衣來推斷，男人應該是昨天或是今天剛住進來的。

比起病人，觀察病人家屬更可以知道病人住院時間的長短。隨著住院時間的拉長，家屬的穿著也會慢慢變得跟考試村的考生一樣，沒有化妝的臉，綁起來的頭髮，舒適的運動褲加上拖鞋。

坐在床上的男人想見女兒，但女人沒好氣的對他說。

「她哪有時間來醫院啊？補習班怎麼辦？」

「我要做手術了，她也不來看看我？」

「這又不是什麼危險的手術，她這禮拜要考試忙不過來，等週末我再讓她來看你。」

電梯到了，當我看到被送進去的男人背影時，忽然屏住了呼吸，他背上正閃著紅色數字「1」。現在坐在那裡跟妻子鬥嘴的男人，正要被送往手術室，他應該活不過今晚的，肯定是手術過程中出了問題。我下意識地喊道：

「請等一下！」

推著移動病床的人沒好氣地說道。

「你等下再搭吧！電梯裡容不下兩張床。」

坐在床上的男人和他的妻子一臉不悅的看著我。

我不是這個意思，但我還是沒能說出口，我不知道該怎麼說。等下你會出事，趕快去把手術取消吧？趕快把女兒找來？我是不是應該告訴他們，快讓女兒來見他最後一面呢？我張開嘴的時候，電梯的門已經關上了。

做完檢查回到病房時，我緊張得不知所措。手術室一定發生了什麼事，還是說根本什麼事也沒有？那個數字代表壽命，純粹只是我個人的想像？我想去手術室看看，但我一個人行動不便，我要想動一動，是要勞煩很多人幫忙的。

下午姨媽剛進病房，我便催促她說。

「姨媽，妳能去三樓的手術室看看嗎？」

「怎麼了？」

「就去看看有沒有什麼事。」

「你認識的人手術了？」

「沒有。下樓……去看看吧！妳就去看一下再回來啦！」

姨媽不是個固執的人，雖然她愛發牢騷，但卻是個心胸寬廣、心中有愛的人。姨媽喃喃自語著，根本搞不懂發生了什麼事，但她還是去了。

我焦慮地等著姨媽，她去了好久才回來。

「姨媽！」

「嗯？欸！」

姨媽一臉心煩意亂的表情。

「出了什麼事？」

「嗯？沒事。晚飯還沒來啊？唉！瞧我跟人家聊天都不知道已經這麼晚了。」

「出了什麼事吧？」

「什麼事？」

姨媽裝模作樣的迴避我的問題，她把我當成孕婦了，只想讓我聽好聽的、看好看的，但這可是在醫院無法完成的任務。

「手術室出了醫療事故？」

姨媽轉過頭，把臉湊了過來。

「你都聽說了？還不知道是不是醫療事故，但聽說人送進去的時候還好好的呢！我聽人家講，那個人跟去觀光似的，進手術室時還揮著手呢！唉！真是事事難料啊！誰能想到會出這種事，那個人的老婆澈底失了魂，哭得連一隻鞋子不見了都不知道。老天爺真是無常啊！」

「那個女的穿著紫紅色風衣？」

姨媽剛要擠出眼淚，聽我這麼一問，瞪大了眼睛看著我。

「你怎麼知道？」

我忽然感到全身無力起來，我嘟囔著：「看吧！」

醫院裡的每個人，走在走廊裡的所有人，病人、家屬、醫生、護士和推著配膳車的阿朱媽，所有人的背上都有一個數字，閃著微弱綠光的「Back Number」，沒有一個人是例外。

沒有一個人？

如果是這樣，那我呢？

我也要看一下自己的背，要確認自己的「Back Number」。我還能活下去嗎？我還能活著離開這家醫院嗎？如果能活下去，那我會活到多久？

#

對我來講，坐輪椅並不是一件容易的事情，必須要有看護和姨媽兩個人抬起我，才能坐上輪椅。雖然住院期間我瘦了十公斤以上，但要抬起一個無法行動的成年男人，還是很吃力的一件事。

我拚了命地滾著輪椅，但在平坦的走廊上，前進的速度卻慢得令人心煩。醫院裡有可以讓輪椅進入的殘障人士廁所，那裡有可以照到背後的大鏡子，但等我進去一看，發現鏡子的位置太高了。我坐在輪椅上，只能看到脖子以上，我轉動脖子，但卻看不見自己的背。身體健全的人恐怕也很難看到自己的背，更何況我是一個多發性骨折病人呢！

車禍造成我的脛骨受損，甚至連肋骨也骨折了，因為肋骨無法打石膏，所以目前只能期盼它自然癒合。對我而言，扭轉脖子和彎腰往後看，簡直和嚴刑拷問一樣痛苦。但我還是想確認自己的「Back Number」，我的壽命，我的生死。我忍受著痛苦盡量往後看，但鏡子太高了，我什麼也看不到。

我下意識地想要站起身來，破碎骨折的腿感受到巨大的痛楚，我像被瓦解了一樣癱坐在輪椅上，但我不想放棄，我的靈魂像是已經從頭頂飄了出去一樣。我抓住洗手檯的邊框試圖站起來，這可是關乎我生死的事，所以我不能不看。我抓著洗手檯用力的瞬間，輪椅往後滑了出去，瞬間我失去了重心，粉身碎骨的疼痛向我襲來，輪椅「砰！」一聲倒在地上，正在接受綜合骨折治療的我，先是下顎撞到了洗手檯，跟著整個身體摔在瓷磚地面上，最後我暈了過去。

因為那次的摔傷，我的住院時間又拉長了。在醫院住久了，就對時間失去了概念，因為今天跟昨天一樣，就算發生了什麼事，也分不清是昨天發生的還是今早發生的了。加上一天會睡好幾次覺，根本不知道是今天，還是已經睡到了隔天。時間慢得令人感到厭煩，但也有一個月忽然就那麼過去了的時候。

相當長的一段時間裡，我都執著在想看自己「Back Number」這件事上，因為我確信自己背上也有數字，但我卻看不到它。

等我可以自己坐起來的時候，我拜託允智。

「妳能幫我拿鏡子過來嗎？」

「鏡子？」

允智翻了翻包，她應該是想找小鏡子。

「不是，我不是說小鏡子，我需要兩面掛在牆上的大鏡子。」

「你要我去把牆上的鏡子摘下來？」

「嗯！拜託了。」

「你要鏡子做什麼？我去哪裡摘鏡子啊？」

允智生氣了，她努力克制著自己不發怒，但還是不耐煩了起來。

儘管女朋友生氣了，但我還是提出了奇怪的要求，因為在我身上發生了奇怪的事情。

允智從商店買來的鏡子，大概有五十公分長，我坐在中間，然後她把兩面鏡子放在我的前面和後面。我拜託允智幫我扶著鏡子：

「稍稍往左邊點，不對，把鏡子再轉一下，我叫妳轉個方向。」

「為什麼做這些啊？」

「我想看看自己的背。」

「我問你為什麼？」

「背上沒寫什麼嗎？」

「背上應該有什麼嗎？你到底是怎麼了？」

兩面鏡子的角度找好後，我看到了自己的背，如同預想的那樣，背上什麼也沒有，我只看到了穿著褶痕病人服的寬闊背脊。我叫允智站到鏡子中間來，她的背影投射在鏡子裡，鏡子裡並沒有出現原本看見的數字。

我用手機拍下允智的背影，肉眼可以清楚看到的數字，照片裡卻看不到。我還想到用單眼相機取代數位相機來拍，當然我知道那也是看不到的，單眼相機和立可拍都是無法看到的。鏡子也是一樣，不管是凹面鏡也好，凸面鏡也罷，就算是白雪公主後母的魔鏡，不管什麼樣的鏡子都看不到，只有我的肉眼才可以看到「Back Number」。

#

有很長一段時間，我陷在恐慌狀態中，所有人在我眼裡都像幽靈一樣。這些標示著「Back Number」的人，每天邁向死亡、減少數字的人，看著他們高興且充滿朝氣的樣子，我覺得很恐怖。更加折磨我的是，我無法把這件事告訴任何人，如果告訴他們我能看見幽靈，或許事情會變得簡單些。

「我能看見死了的人。」這麼說並不會讓人受到多大驚嚇，因為這是電影裡經常會出現的情節。即便不是「我可以看到」，只是從朋友那裡聽說，也可以輕鬆的跟人說起「誰的外婆可以看見死了的人」，或是「可以跟死了的人交談」。

聽的人也會覺得有這種可能，而且不會覺得事態有多嚴重，因為我們都不知道人死了以後發生的事情。人死了變成幽靈徘徊在我們周圍，只是可能性的一種，所以世界上這麼多人，其中有幾個人可以看見幽靈，這也是有可能的吧？

無論如何，是否能看見幽靈，都是某人的個人問題。如果我說我能看見幽靈，大家也許會覺得我在說謊，也許會對我敬而遠之，也許會覺得我很可憐，因為大家能夠對我面臨的問題保持客觀的態度。

但是如果我說：「我可以知道你哪天死。」又會怎樣呢？

這是非常危險且具有攻擊性的發言。大家不會對我敬而遠之，也不會覺得我很可憐。相反的，他們會討厭我，覺得我令他們不開心，還會覺得我是在討打，因為這是關係到他們自己的事情。如果我說我可以看見幽靈的話，他們便能夠遠離這個問題，但當我說可以看到他們的死期時，他們便無法保持一顆平常心了。

如果告訴姨媽會怎樣？姨媽應該會立刻找人來做法，搞不好她會把法師帶到病房來。

那如果告訴允智呢？允智應該會更難過，她會覺得我不僅身體受傷了，連腦子也壞掉了。

不，我不在乎她們會做何反應，我只是不想告訴我愛的人，告訴姨媽和允智，她們什麼時候會死。

知道了不想知道的事情是痛苦的，「我與普通人不同」這本身就近似一種詛咒。即便我的性格開朗、積極，但我也不會欣喜地覺得「嗚哇！我竟然擁有了這種能力，不如去《世界有奇事》節目吧？」況且，我根本就不是性格開朗的人。

即便我不是一個性格開朗、積極的人，但我可以很自信地說，我算是一個理性的人。我作出的最理性的選擇就是「懷疑自己」，我告訴自己不要相信自己，不要相信自己看到的，不要相信自己能夠看到。

我覺得應該是腦子傷到了，也許是車禍的衝擊傷到了腦子？如果傷到了腦子，那就會出現幻聽、幻影的現象吧？會不會是過度服用止痛劑帶來的副作用呢？我得去問問醫生，買藥要問藥師，有病要看醫生。

#

在急救室為我實施心肺復甦術的實習醫生名叫張石煥。

他應該是從急救室轉到了整形外科，因為整形外科醫生來病房巡診的時候，他總是跟在後面，還會用眼神跟我打招呼。他一個人出現的時候，身上穿著醫生白袍，多少還會讓人覺得可以信賴，但跟在巡診教授身後的時候，會覺得沒有比他更白癡的笨蛋了。不管怎麼說，那個張醫師對我有著特殊的感情。因為他有著「是我救活了你」的自豪感，所以可以看得出他比任何人都期盼我早日恢復健康。

張醫師頭髮上的油比躺在床上一動不能動的我還要多，看護阿朱媽每隔三天幫我洗一次頭，她會用大的洗臉盆盛滿水，然後幫我移動身體，好讓頭髮垂在床邊。光是幫我移動身體這件事就很不簡單了，但即使這樣，我還是有洗頭的。讓我感到意外的是，綜合醫院的實習醫生竟然忙得連洗頭的時間都沒有。但就算很忙，張醫師有空時還是會來病房看我，他一臉疲憊的走進來，看到我時表情又會明朗起來。看見我，他又重新獲得了能量，就像農夫幫自己的田裡灌溉時會覺得心滿意足一樣，醫生看到自己救活的病人，也會覺得心滿意足吧！

張醫師從門口探頭進來。

「午飯吃了嗎？」

（不知道從什麼時候開始他不講敬語了。）

「吃了。」

「吃得好骨頭才能長好。」

（所以我說吃了啊！）

張醫師的臉消失在門口，我有話要說，所以動了一下。我沒有叫住他，只是稍稍抬了下胳膊，張醫師看懂了那個手勢，再次探頭進來。

「怎麼了？」

「我想問你點事。」

「什麼事？」

張醫師把兩隻手插在白袍口袋裡，依舊只是探著頭。

「你要是忙，那就下次再說好了。」

張醫師稍稍猶豫了下，然後走進了病房。

「不忙，我正要去吃飯。」

我遲疑了一下，這件事不應該對正要去吃飯的人講，但既然已經開了口，也就顧不了那麼多了。

「我想再做些其他的檢查。」

「什麼檢查？」

「嗯……檢查一下腦子。」

「你剛被送來的時候，應該做過ＣＴ了啊？腦子是最重要的，所以醫院應該仔細檢查過了。怎麼，你頭痛啊？」

「不是，就是有點奇怪，我也不知道該怎麼說才好，就是我能看到奇怪的東西。」

張醫師一臉嚴肅的表情。

「你看到了重影，還是看東西時覺得模糊？」

「都不是。」

張醫師拿出白袍口袋裡的手電筒照了照我的眼睛，我用手輕輕推開了手電筒。

張醫師見我表情嚴肅，一屁股坐在床上，他以希望我快點講出來的溫柔表情注視著我。

我講了在加護病房看到老奶奶的事情，當然也講了其他人背後的數字，還提到了那個遭遇醫療事故的男人。張醫師表情毫無變化的聽完後，轉過身讓我看他的背，這種反應很正常。

「我呢？」

張醫師的「Back Number」是 12912，以醫生來講算是短命的了。

我講出數字後，他的眼睛快速地轉動了起來，他是在用 365 去除那個數字，因為沒辦法很快算出來，所以我猜他應該在用 300 或是 350 去除。這種反應也再正常不過了，我看到數字時也會先去計算。

我算數更快一些。

「往後還有三十五年左右。」

張醫師大笑了起來，或許他是因為我看出了他在計算而感到不好意思，又或者是覺得自己過於把我的話當真了。

「那樣的話也不錯嘛！」

「距離平均壽命還差很遠呢！」

「是嗎？讀書的時候，我可從來沒低過平均值唷！那你呢？」

「成績嗎？」

「不是，你的數字。」

「我看不見自己的數字。」

「為什麼？」

「你能看到自己的後腦勺嗎？」

「啊……」說著，張醫師點了點頭。他的表情像是突然想到了什麼，在他正要講下去以前，我先開口說道：

「照鏡子也看不到，拍照片也看不到。」

張醫師再次點了點頭，他的表情像是在說：「嗯！這樣才說得過去嘛！」

「好吧！這要去看哪一科呢？眼科？」

雖然這是句玩笑話，但我卻笑不出來。

「總之，我知道了。」

張醫師走出病房時，他透過門口的鏡子照了一下自己的背。

我非常後悔自己講了不該講的話，可說了又怎樣呢？我能看見他人的壽命，然後呢？難不成真該去看眼科？我應該去看神經科，說不定我是出現了幻覺。這是經歷了嚴重事故後產生的創傷後壓力症候群，症狀有失眠、集中力下降和食慾不振等。就算沒有經歷事故，如果每天只能躺在床上生活，不管是誰都會出現這種症狀。創傷後壓力症候群也是一種非常嚴重的精神疾病，說這是精神病也不足為之震驚。

人人都會生病，精神病也不例外。

那之後的幾天，張醫師再也沒對我說什麼，他來巡診時也極力地迴避著我的視線。或許他是在後悔把我講的事情當真了，如果是那樣就再好不過了。就在我暗自慶幸他沒把我說的話當真時，神經外科的醫生來了。

神經外科的醫生懷疑我得了硬腦膜下血腫，硬腦膜下血腫是指顱內出血積聚於硬腦膜下腔，硬膜下腔出血的原因來自於連接硬膜下腔與大腦表面的血管出現破裂，當頭部發生劇烈撞擊時常會出現這種症狀。

但因為出血是慢慢產生的，所以症狀也是慢慢才表現出來的，出現的症狀有精神失常、口齒不清或半側身體出現麻痺等。醫生說，有很多病人在事故發生後，一開始沒有察覺，過了幾週後才被診斷出硬腦膜下血腫。即便是這樣，在做過神經外科各種昂貴的檢查後，醫生也沒有在我腦袋裡發現任何異常。

接下來，我與精神科的醫生進行了面談。在面談以前，我先做了一份多達五百道題的問卷，問卷裡有一道題是「我可以看到別人看不到的」。沒錯，就是這個問題。看見他人看見的，聽到他人聽到的，這才算是正常。

但真的是這樣嗎？這世上實際存在著，但人類看不到、聽不到的東西也有很多啊！人類可以聽到二十赫茲到兩萬赫茲的聲音，但卻聽不到蝙蝠和海豚發出的超聲波，即便人類聽不到那種聲音，但它卻是實際存在的。

既然如此，那「Back Number」呢？每個人都擁有壽命，每個人都在一天天走向死亡。這是實際存在卻看不到的事實，所以我們才會忘記它去生活。我也想忘記這件事活下去，超聲波也好，「Back Number」也好，別人聽不到、看不到的，我也不想聽到、看到。

神經外科的醫生診斷出我得了抑鬱症，除此以外，再也沒有發現其他的徵兆。說我得了抑鬱症……，這種情況下不抑鬱的人才是精神病吧！

我沒有得硬腦膜下血腫，也沒有得會出現幻聽、幻視的精神疾病，病人說自己有病，醫生總不能不給出回應，所以才有了專家處方。我服用的藥已經夠多的了，再加上新處方的一兩顆也不算什麼，所以護士給我多少我就吃多少。因為吃藥填飽了肚子，所以飯量減少了。

06

我在那間醫院住了一年。

我不喜歡讓身體受苦，但朋友中有一些人，壓力大時會故意折磨自己的身體。為了增加肌肉，他們會把水煮雞胸肉和香蕉攪拌在一起吃下去（不論是顏色、氣味和質感看起來都跟嘔吐物一樣），很多傢伙還會舉起比自己體重還要重的鐵塊。我會騎腳踏車，偶爾也會打藍球，但我並不把這些看作是運動，而是當作遊戲。雖然我沒有什麼小毛病，但也沒有到金剛不壞之身的地步，我過著適當懶惰、適當沒有規律的生活。

話雖如此，但我也是韓國舉辦完奧運會後出生的朝氣勃勃的青年。你覺得下列選項中哪一項是二十幾歲的青年覺得最苦的事？

(1)攀登珠穆朗瑪峰；

(2)鐵人三項；

(3)UDT水下爆破訓練；

(4)在床上像蛹一樣躺上數月。

每天早上，我想多賴床五分鐘都會被媽媽唸；看電視的時候，跟橫躺在沙發上的爸爸搶位子，也會被媽媽唸；當我躺在椅子上玩電腦時，也能聽到媽媽的嘮叨。

如今一切都變了，我躺了幾個月，卻沒有了愛嘮叨的媽媽。躺在床上，全身都會受到重力，接觸到床鋪的肩膀、屁股和大小腿，都會感受到受壓的疼痛，稍稍懸起的脖子和腰則更難受。重力十分可怕，它會讓身體長時間接觸床鋪的部位都爛掉。

為了預防得到褥瘡，我需要他人幫我左右翻身，每當翻身時，我都會擔心自己被翻下床去。躺在床上身體很痛苦，躺在床上也沒有了愛嘮叨的媽媽，我躺在床上哭了。

朋友輪番來看我，起初大家會一起結伴而來，一、兩週過去後，他們就像按照執勤表一樣，每週來輪番探病。說不定他們聚在一起開了會，又或者傳了群組簡訊，「為了遭遇不幸的朋友，我們能做些什麼呢？想要參與進來的同學……」甚至還有跟我同系卻從未講過一句話的同學來看我。

他們把這當成做義工了嗎？既然是做義工，還不如去幫助貧困的人搭建愛心之家，或者配送蜂窩煤傳遞溫暖去呢！大家來看我不能算是做義工累積資歷，更不能看成是年輕時花錢也難買的經驗，這簡直毫無意義。

從我的角度來看，大家來探病我也很尷尬。

我被固定在床上，就算大家來了，我也不能跟他們出去打桌球、喝酒，我唯一能做的，只有跟他們大眼瞪小眼，進行毫無意義的對話。這些傢伙講的都是學校裡的事，學校裡認識的女生的事；打工的事，打工時認識的女生的事；夜店的事，夜店裡認識的女生的事。他們還給進出病房的護士身體部位打分數，說完這些以後我們就無話可聊了，最後只剩下一句話：「你保重身體，我們下次再來。」

大家走後，我感到很孤獨。有人來看我的時候，看護就會高興地消失的無影無蹤，直到吃晚飯前她都不會現身。託她的福，我憋著尿，忍受著寂寞。

同學中最常來看我的人是島梅，他是我國中時的朋友。

「島梅人呢？」

「島梅不在。」

「真是的，真是夠倒楣的了。」

大家經常這樣戲弄他。很遺憾的是，島梅聯考失敗，現在正在重新準備聯考。雖然大家把島梅正在倒楣地準備聯考這件事當作笑話，但他本人卻把這件事看得相當重要。

島梅說這次的模擬考成績比上次聯考還要低，他長嘆了一口氣，比起我的處境，他把自己的處境看得更為悲觀。我抬起還算能動的右手，拍了拍島梅的背安慰他，真不知道他為什麼要來看我。

身為長期住院的病人，我被安排在靠窗的床位。六人房的病房裡，人人都想靠窗，因為那裡有最明亮、最寬敞的窗檯可以放很多東西，收納空間也綽綽有餘。

長期住院的病人，床鋪周圍滿是醫院生活的歲月痕跡。首先，最先映入眼簾的是曬衣繩，以月分和年分為單位長期住院的病人，床上一定會有曬衣繩，繩子上曬著毛巾。雖然毛巾的用途是為不能自理的病人擦身體，但吃飯時也可以圍在胸前，覺得冷颼颼的時候還可以當作圍巾。在乾燥的病房裡，用水浸濕的毛巾還可以有加濕器的效果。比起大塊、厚厚的高檔毛巾，印有汗蒸幕或汽車旅館商號的薄毛巾用起來更為方便，首都同門會或古稀壽宴的紀念毛巾也很好用。

接下來可以看到的是軟綿綿的枕頭。病人家屬只能蜷縮著身子睡在陪病床上，床上沒有任何床上用品。最初，他們會把自己穿著的外衣捲起來當作枕頭，再不然就跟醫務護理員要一張毛毯當枕頭，沒辦法的時候，他們還會把紙捲壓扁枕在頭下。但這樣下去總不是辦法，一、兩天過去後，他們便無法忍受了。

病房裡的溫度非常高，即便是冬天，護士也都穿著短袖，所以沒有被子也無妨，若是覺得冷，隨便蓋件外衣也可以，但枕頭卻無法隨便解決。隨著住院時間的拉長，家屬都會先準備好枕頭，如果家屬的床上放著又大又鬆軟的枕頭，便可以知道他照顧的是長期住院病人了。而枕頭之外的生活用品，還包括了毯子、保溫瓶、托盤以及水果刀、碗筷和兩人份小型電鍋等廚房用品，甚至還有人會準備一個塑膠抽屜櫃，收納換洗的內衣和瑣碎的小東西，並且經常會在病房裡堆滿書和雜誌。

我在醫院住到了二十一歲。我是護士想要多看一眼、多聊一句話的病人，直白的講，我在醫院很有人氣。一次失去全家人所獲取的同情；豐厚的保險金和遺產，讓我免遭他人的歧視，不必為醫療費擔憂的經濟背景；遭遇了慘不忍睹的車禍，卻僥倖沒有留下任何傷疤的貴公子臉蛋；還有，我那被繃帶和石膏綑綁卻難以掩藏的燦爛青春，都是我擁有人氣的原因。

上了年紀的護士說我可愛，年輕的護士見到我會害羞。不到兩個月的時間，我就記住了七樓所有護士的名字和長相。又過了幾個月，我便知道了她們的職務和年齡，以及她們彼此之間的等級關係、工作和休班時間。如果來了新護士，我一眼就能認出來，資深的老護士也會為我介紹新來的護士。

那些為我做了數次手術，換句話說，算是我救命恩人的醫生、主任、博士和教授，我卻一面也未見過，我甚至懷疑他們是否真的存在。因為我是急救醫學科、整形外科、整容外科和復健醫學科的病人，因此大家都要對我負責，但同時，又沒有人會對我負責。

有一次，各科醫生的巡診時間碰巧湊在了一起，連同跟在醫生後面的見習生，總共來了幾十個人，他們圍繞在我的病床周圍嘀嘀咕咕了一番，他們自稱都是我選擇的專家會診，但我卻不記得自己有申請過這種特別診療。不管怎樣，要想見特診專家一面，也是不是件容易的事。或許他們忙著聚在一起討論著我的病情，根據病例和照片分析、協調意見，得出治療我的最佳方案，所以才沒時間來看我吧！

醫生們瞟了我一眼，接著在表格上奮筆疾書了起來。他們聽了病人的傾訴，根據檢查結果做出綜合、專業的判斷，然後得出結論。與其說他們寫下的是文字，看上去更像是毛毛蟲爬過的痕跡，那是醫生不可侵犯的權威和專業性象徵。他們緊握著我的命運與未來，光是看到他們穿著塞滿了筆的白袍、繁忙奔走的身影、寫下無人能懂的字跡，就足以讓他們看起來像神了。脆弱的人類像蟲子一樣躺在床上撒尿拉屎，無所不能的他們為了拯救人類東奔西走。但我僅在醫院躺了幾個月，便幾乎看懂了醫生在表格上寫下的字，那些看上去像是很了不起的處方，只不過是「請替換繃帶」、「請注射抗生素」。

那些專家做的手術成功與否、診療程度好壞，我完全沒有方法知道。手術後醫生會說：「手術雖然很成功，但還要再觀察看看。」我猜，不管手術成功與否他們都會這樣講。雖然生死攸關的事情取決於專家做的大手術，但那對病人而言卻不是最重要的，在生死面前，我只希望沒有痛苦。

我的全身上下每天都很難受，令我驚嚇不已的是，時至今日從未引起我注意的各種器官、骨頭、皮膚和血管，都在拚命地證明著自己的存在。我能理解受了重傷所帶來的疼痛是理所當然的，但治療所經歷的一連串過程，卻讓我更加痛苦，那些為了減少我痛苦的治療，插入導尿管、脊椎注射和用鑷子摘除組織，都給我帶來了不小的疼痛。

醫護人員在開始治療前會說：「會痛哦！」她們甚至還會說：「會覺得稍有不適。」這些真是無稽之談。雖然沒有人會說：「會痛到你頭髮根根直立。」或者「痛到你喘不上氣。」但經歷治療過後，便會知道後者才更貼切現實，我真希望她們能把話講明白。

能拯救生命的人，一定是那個領域的權威人士，但對我而言最有意義的人，卻是每隔兩天來為我靜脈注射的實習醫生，和更換床單時用手鋪平皺紋的醫務護理員。對於無法自理的病人來講，有皺摺的床單是難以忍受的痛苦，因為床單皺摺的部分與皮膚長期接觸，容易產生褥瘡。一次成功的靜脈注射，果斷地從尿道口插入導尿管，移動至擔架床時不會撞到欄杆，比起手術成功與否，這些對我來講才是最重要的，細節決定了一切。

很多人都是我的主治醫生，但這些人都不會對我負上首要的責任。如果我發燒的話，護士不知道該找誰來。那些醫生都很忙，不是進了手術室，就是去處理緊急病人了。最後找來的人，不是整整餓了一天剛要喝一口熱湯的住院醫生，就是連澡也沒有時間洗、頭髮上直冒油的實習醫生，護士在這些處境相差無幾的人中，選出比較好開口講話的人。

然而醫生並沒有把我當成完整的人來對待，在他們眼中，我只是兩百零六塊骨頭、是血腫、是細菌的食物。

手術做局部麻醉的時候，醫生會架起簡易隔簾擋住我的視線。雖然那是我的傷口，但我卻看不到，他們是擔心我看到自己肉體上淒慘的傷口，會讓心靈造成創傷嗎？他們在要手術的部位蓋上一塊綠色方布，方布上有一個空心圓洞，從那裡可以看到要治療的部位。那樣的話，我就不再是獨立的個人李元永了，我變成了潰瘍的大腿、骨折的骨頭或損傷的肝臟。醫護人員在剜去我大腿上的潰瘍時，抱怨起了昨天宵夜吃的豬腳，他們澈底忘記了我大腿以上連接著的腰部、胸部、頸部和頭顱。

不久前我還在用這雙腿走路、跑步和踢球，我這雙包裹在牛仔褲裡的長腿，也曾是吸引同齡女孩的道具，可他們卻絲毫不關心我的腿型和用途，他們關心的只有爛掉的肉。我在隔簾後面看不到自己的傷口，也看不到他們為我這個人所承受的痛苦皺眉或是難過。

要想證明以肝臟、骨頭或是潰瘍組成的人，也是富有情感的完整個人，最好的方法就是展示出他的人際關係。

很長一段時間，我隔壁床上躺著一個跟我一樣因交通事故住進來的三十幾歲的男人。男人由妻子看護，他們還有一個三歲的兒子，一家三口在這狹小的病房裡住了好幾個月，孩子逗大家開心的時候，所有人都想上前抱他、哄他。在這悶得發慌的空間裡，孩子一鬧起來，孩子的媽媽大半夜裡也要背著他在休息室或走廊裡踱來踱去。病房裡的人都對男人說：「看在孩子的份上，你也得快點好起來啊！」身為一家之長，他有要照顧的妻子和孩子，僅憑這一點，不就明顯地展現出了人類的尊嚴嗎？

還有一個生為人子的例子。那位母親為兒子清洗身子、為他接屎尿、用湯匙餵他進食，無微不至地照顧著兒子。她反覆提起兒子兒時多麼聰明伶俐、多麼孝順，我們無法不去相信躺在那裡接受母親照顧的男人，無法不對他心生憐憫之情。所有人都會祝福他早日康復，要好好孝順母親。

在病房裡的人們眼中，我是「見多識廣、出手闊氣」的姨媽的侄子，是「有禮貌的年輕人」，是「島梅的朋友」，是「純真美麗的女孩」允智的男朋友。

我住在加護病房每天只能見二十分鐘的時候，允智天天都守在病房門口；可當我轉到普通病房可以一直見面以後，她卻很少出現了。見不到我的時候，允智每天哭喪著臉，坐在休息室的椅子上；如今她能坐在我身邊了，卻總是面帶難色。當我身處護士二十四小時看護的加護病房時，允智站在外面遙望著我，為我祈禱；但等到可以近距離看著我以後，她便感受到了現實。

事實上，允智不適合待在病房裡。在允智看來，病房應該是如同凋零的花朵般的青年躺在潔白的床單上，但現實中的病房，則是聚集了生命的卑劣與窘迫的地方。

首先，從味道來講這樣的。

病房裡散發著一股味道，那是用言語無法形容的怪怪的令人不快的味道。人類是會分泌體液的，用餐時所有人都會在敞開的環境下一起吃飯，但排泄卻是私人隱密的行為，因此只會在隱蔽的空間下進行。

人類排泄出的不僅僅是尿液與糞便，交感神經活躍的病人，還會排出大量的汗液。一間病房裡，總會有幾個手術後胸前或側腰插著粗大引流管的病人，從體內流出的黃色體液，沿著管子流出來聚集在塑膠桶裡，也有很多病人利用連接導尿管的塑膠袋排尿，大家躺在床上不停地排泄著黏稠、泛黃、帶著氣味且混濁的液體。

食物、藥、尿液和糞便都聚集在病房裡，人們在床上吃飯，床下則放著接屎尿的便盆。

那時，我的心願是能立刻站起來，到廁所爽快地撒泡尿，然後再洗個熱水澡，我猜允智的心願也應該是這樣的吧！

允智還很年輕，一個只能老實的躺在床上的男生，和一個裙擺搖搖的女生，沒有一件事是可以一起做的。允智坐在床邊，或是看電視，或是削一堆沒人吃的蘋果，然後離開。允智來的時候，看護阿朱媽就會去休息室或茶水間找其他看護阿朱媽聊天，但有幾次我急著想上廁所卻找不到看護阿朱媽以後，允智和我就都不希望她走得太遠。

所謂談戀愛，就是盡可能的想要擁有兩人世界，但如果有一方比起兩個人在一起更希望能有其他人在場的話，這就不再是戀愛了。

談戀愛也是一種活動，僅憑感情是無法談戀愛的。戀愛中的男女必須一起做些什麼，一起看電影、一起去吃美食、一起開車兜風聽音樂、一起去看海、一起在夜晚散步、一起分享一份霜淇淋，走到昏暗的小巷會接吻，如果各種條件允許還會做愛，這才是戀愛。因為戀愛的特性很強，所以每對情侶的行動都不同，儘管如此，戀愛最初兩個人要一起行動的特點，是不會變的。

愛是一種行為。如果是單戀，那它只是沒有行為的感情嗎？不是的，單戀也有屬於單戀的行為。比如，站在遠處遙望對方，或是匿名送花，或是為了引起對方再一次的注意而徘徊在他周圍。要掌握那個人的行程，才能知道他身在何處，接下來會去哪裡，為了聽到有關他的消息要緊繃住神經。不管當事人知不知道，單戀他的人要做的事可不少，可以說單戀也是很忙碌的。

沒有任何行為和活動的戀愛很快就會終結。曾經每天都會來看我的允智，開始隔三岔五才會來了，因為考試和作業多而不能來的日子也越來越多了。允智不來看我這件事，看護阿朱媽和我周圍病床上的大叔更是一清二楚，他們會問：「那個女生今天沒來啊？」如果我默不做聲，他們便會覺得我在為允智的不忠誠而傷心，於是也就不再追問下去了。

#

當我的身體恢復到某種程度，也就是吃飯和上廁所不再需要他人幫忙以後，我依然還存在著一些問題。大腿骨粉碎骨折的我，經歷了用四十八個螺絲釘連結骨頭碎片和金屬骨釘的手術。手術過程裡，雖然找到了所有的骨頭碎片，但正如「粉碎」骨折其名，也有像粉一樣的骨頭碎渣。

據說骨頭如果碎成了粉狀，便會滲透進組織再也找不到了，因為那些碎成粉的骨頭不見了，所以我的左腿和右腿長短變得不一樣。為了不跛腳，我決定接受移植手術，將一小部分的臀骨移植到大腿骨。但在接受臀骨移植手術之前，我還要再等很長一段時間，因為要等手術後的其他骨頭長合。

我不能一直占據著綜合醫院的病床，但我又無處可去。當然，我並沒有到無家可歸的地步，我已經是成年人了，也擁有法律上的繼承權。爸爸留下了一間公寓和豐厚的退休金，父母不僅買了汽車保險，還各自擁有一份可以獲得巨額保險金的死亡保險。這些都由我這個獨生子繼承了，唯一沒有繼承到的是媽媽的那輛車，那輛已經看不出外型、被壓扁燒焦的車，已經做了報廢處理。

臨近出院的時候，我仍要依靠輪椅和拐杖，依然需要他人的幫忙。我無法獨自生活，而且未來還要再接受幾次手術。

「元永啊！來姨媽家住吧！你應該住在姨媽家。」

「為什麼我應該住姨媽家？」

這樣的回答讓姨媽心裡很不是滋味。

不管是誰家，如果不能回自己家，我能去的地方就還是醫院。我決定住進復健醫院，為了姨媽來回方便，我選了離她家近的地方。這間小規模的復健醫院，與其說是復健醫院，其實更像是療養院。這間醫院的氣氛，讓人懷疑這裡真的是希望人們康復的地方嗎？住在這裡的人都是老人，為復健而存在的物理治療室和工作治療室，也看不出任何的活力。在這種環境下，我成了受人矚目的對象。

我和姨媽一起到復健醫院辦理住院手續時，受到了像在新村接受採訪的偶像的待遇。醫院的行政職員和護士在姨媽辦理手續的過程中，一直眉開眼笑，老實坐在輪椅上的我，周圍慢慢聚集了病人，來圍觀的多是老奶奶，跟著四周飛來了問題。

「年輕人，你要住進來啊？」

「小伙子這是傷到了，怎麼傷到的啊？」

「你多大啦？」

「年紀輕輕的真可憐，家裡沒人照顧你嗎？」

就連在廚房做事的阿朱媽，也都聞風趕了過來。

「想吃什麼就跟我說，週末會做特餐的。」

受到這種突如其來的熱情接待，我感到不知所措起來。

姨媽挺著胸脯用高傲的腔調問道：

「你能住得慣嗎？」

不管能不能住慣，反正都已經決定住進這間醫院了。住院手續都辦好了，但姨媽卻在意起了周圍的老奶奶，她表示如果我住得不開心，還是可以搬去別的地方。

護士帶我去的病房，位於走廊的最末端，房間不是四四方方的，而是歪斜著的梯型。四人房裡只剩下一張位於窗戶最遠，離廁所、洗臉檯最近的床鋪，冰箱上方的電視正在播放著排球比賽，但卻沒有人在看。

接受了異性（雖然是年老的異性）過分熱情的接待後，我感到很疲憊；走進病房面對不發一語只盯著我看的同性目光，同樣讓我疲憊不堪。姨媽俏皮地跟病房裡的老爺爺打過招呼後，她一邊收拾行李的同時，一邊把我出車禍的事講了一遍。

坐在床上我才發現，這間病房奇怪的格局和不規則的床位擺設，讓我的床位格外顯眼。位於角落處的我，被其他三張床環繞包圍著，我的位置根本看不到電視（電視就在我的頭頂上），連窗戶也看不到。不過，我的一舉一動卻可以被其他人看得一清二楚。我在前面醫院以長期住院病人身分獲得的特權全部消失了，如今要以新人的身分在這裡重新開始生活。

先不管我滿不滿意這間新醫院，我只想先睡一下，因為長距離的移動和老爺爺、老奶奶的轟炸，都讓我深感疲憊。

「姨媽，妳先回去吧！」

「才剛來就叫我走？」

「我想睡一覺，妳先回去再來吧！現在離妳家也近了。」

「好吧！我先看看有什麼需要的再幫你帶過來，你睡吧！」

我把病床四周的簾子拉上，蓋上被子，我努力想要入睡，但再怎麼努力也是似睡非睡的。因為總有人在我周圍走來走去，他們在我床邊的冰箱拿東西（拿了就快走吧！他們還非要翻一會兒冰箱）、他們進出廁所、在洗臉檯洗手，明明就有遙控器，他們還非要走到電視下面按按鈕切換頻道。我聽到拖鞋拖著地面沙沙作響的聲音，他們走來走去碰到我床鋪的簾子時發出的嘩啦啦響聲。真是煩死人了！我懷疑他們根本是故意的，甚至還有其他病房的老爺爺跑過來看我。

「聽說從首爾來了個年輕人啊？」

「是啊！現在睡覺呢！」

我緊緊閉著眼睛，但可以感覺到有人拉開了簾子在看我。啊！我簡直要氣炸了！

那天晚上，我到院務科要求換到單人房，但我在單人房住了一個星期後，又回到了那個梯型的四人房。

那一個星期的時間，我明白了為什麼監獄把單人房視為懲罰的意義，因為自己一個人住，實在是太寂寞了。

#

認為男人不愛聊天的想法是一種偏見，覺得老人什麼都不懂的想法也是一種偏見，上了年紀的男人話超多，根本沒有他們不懂的事情。

老爺爺們聊的，都是我聞所未聞的事情，那些出現在歷史課本裡的內容，被他們講得就像昨天剛發生的事情一樣栩栩如生。搭乘軍用運輸機飛到濟州島的事、盜走「倭政」時代巡警晚上做飯的電鍋的事、戰爭打響當天，明明聽到了砲聲卻還在巷子裡玩紙牌的事……

我合不攏嘴地聽著這些故事，這些「Back Number」只剩下三位數的老人們，實際上已經活了五位數天數的人生了。每天數字遞減的過程中，他們看到的、聽到的、親身經歷的事，如同泰山一般沉重，在這些發著淡淡綠光的「Back Number」之間，我漸漸變成了不愛講話的年輕人。

我雖然跟老爺爺住在一起，但看電視的時候，我會去老奶奶們的房間。電視劇一定要跟老奶奶一起看才有意思，雖然她們會把故事的情節解釋到完全不著邊際的方向，但每個場面、每句對白都會跟著入戲。

「那個該死的臭女人！」「做得好！」諸如此類，不停地表達著共鳴。電視劇開始前，老奶奶們會經過一番討論，決定出誰是那個臭女人，接著把全部的熱情都放在罵那個臭女人身上。

同房的老爺爺，對我看電視劇的時間不見人影表示了不滿。

「你就在待這裡看吧！去哪兒啊？」

但就算我提議說：「我們一起去奶奶的房間吧？」老爺爺們也不敢輕易靠近老奶奶們聚集的地方，哪怕只是休息室的販賣機前聚集了三位老奶奶，老爺爺們要上前買杯飲料，也要看她們的臉色。這也難怪，如果一個老爺爺經過，那接下來的兩、三個小時就會變成關於那個老爺爺的「人肉搜索」時間，從他過去的履歷到家族關係，以及關於平時品行的各種資訊都會被爆料出來。在真實與推測之間，有時還會夾雜一些壞話。

我經常去看電視劇的房間，是浦項奶奶住的房間。

浦項奶奶因為骨折，住進了這間醫院，冬天時，她抓著欄杆小心地走在變成冰面的下坡路上，結果腳底還是打滑了，為了不讓自己摔倒，浦項奶奶用力的抓緊欄杆。雖然當時沒有摔倒，但因為她用力過度，導致一邊肩膀骨折了。由於肩膀出現的劇烈疼痛，最終她一屁股摔在地上，跟著臀骨也骨折了，就這樣住進了醫院。

骨折對老人而言是會致死的大病，浦項奶奶在醫院住了很久，日復一日卻沒有好轉的跡象，但她沒有洩氣也沒有絕望，還是每天跟我一起看著電視劇。

#

我在復健醫院迎來了幾個春天。

其他季節裡的樹木，等到春天才找回了自己的名字。醫院入口的櫻花開了，後山坡上亂生的雜樹也開出了迎春花，原來生長在前院花壇裡的幼樹是木蓮。

大家站在窗邊俯視著窗外，不管是在病房還是休息室，總會有人站在窗邊。特別是浦項奶奶，她會把輪椅緊靠在窗檯，額頭貼在玻璃窗上，就那樣望著窗外一、兩個小時。為了安全起見，醫院的玻璃窗都安裝得很高，舒服地坐在椅子上時，只能看到窗外的藍天。若想賞花，就要像浦項奶奶那樣把雙手搭在窗檯上，拉長上半身往下看，這樣賞花真是夠辛苦的。

我不理解春天賞花、秋天賞楓的人，櫻花和楓葉節期間，週末的高速公路便會變成停車場。電視新聞和報紙都會像報導什麼重大的消息一樣，把盛開的櫻花或滿山變紅的楓葉放在頭版頭條，電視新聞反覆播放著比櫻花和楓葉更多的遊客畫面。為什麼要去那麼遠的地方賞花、賞楓呢？只要睜開眼睛就能知道櫻花開了、楓葉紅了啊！路邊那麼多迎春花，公寓社區的花壇也會隨著季節開花落葉，不是只有遠處才有花開，為什麼要去那麼遠的地方呢？

別人去不去賞花，其實跟我沒有什麼關係，我對這種行為看不順眼的理由，是因為有一次到汝矣島，正巧遇上櫻花節，結果吃盡了苦頭。去的時候沒想太多，但到了晚上根本走不出來，國會議事堂附近的人行道上擠滿了人，簡直是寸步難行。車道上也都是車，等了三十多分鐘公車也不來，好不容易來了一輛公車，可車上的人多得連車門都打不開了。

當下我放棄了等車，徒步從首爾橋邊走出汝矣島，邊詛咒著那些櫻花。所謂春天，只不過是平均氣溫上升和日照量增加罷了，我只是受不了那些當春天終於的、真正的、澈底的來臨時，表現得像初次經歷春天似的吵吵鬧鬧、大驚小怪的人。

出事以後，雖然我在醫院經歷了幾次四季交替，但我卻對此沒有感覺。因為醫院的溫度與季節無關，總是維持在二十幾度，我穿著適合四季的病人服。

那天，吃過早飯後，我端著咖啡走到休息室，只見浦項奶奶已經占據了窗檯。浦項奶奶看著我露出淡淡的微笑，因為她比其他人話少，所以我覺得她很好相處。

「您在看什麼呢？」

「賞春。」

啊哈！原來是在賞春。

聽到「賞春」一詞，我噗嗤的笑了出來，心想春天又不是馬戲團，有什麼好看的？

我透過窗戶往外一看，外面陽光明媚，春日裡的陽光灑落各處，但醫院的休息室裡卻陰沉沉的，只有到了下午，這裡才會照進來一點陽光。浦項奶奶的穿著就像過冬一樣，病人服外面套著深灰色毛衣，頭上還戴著帽子。

浦項奶奶雙手抓著窗檯，努力地望著窗外，我光是看在眼裡就覺得她的姿勢很難受，真不知道費那麼大勁有什麼好看的。我聽到浦項奶奶自言自語的嘟囔聲：

「如今這春天也是最後一次了。」

「嗯？」

「我還能看到明年的春天嗎？」

浦項奶奶的額頭離開了玻璃窗，她用茫然的聲音說道。

嗯……會看不到嗎？怎麼會看不到呢？我的視線自然而然地看向浦項奶奶蜷曲著的背——灰色毛衣上的數字，她的數字剛破一百，表示未來只剩下三個月了。浦項奶奶看不到明年的春天了，她現在看到的那些好似傾盆而下的迎春花、如同雪花紛飛的櫻花，都是最後一次了，浦項奶奶重複了八十幾次的賞春就要結束了。

原來是這樣，老人家會擔心說不定現在看到的就是最後一次了，他們沒有明年或者後年還可以度過這個季節的信心，所以才會打扮得色彩繽紛，擠在高速公路上去賞櫻花、賞紅葉。

我猶豫了一下，但當視線與浦項奶奶相撞時，我下意識地脫口而出道：

「您跟我一起去賞花吧？」

#

我要取消前面那句說浦項奶奶話少的評論，因為沒過多久，我打算和浦項奶奶去春遊的消息就傳遍了整個醫院，甚至有好多人想要一起參與。大家都清楚，如果被護士知道就出不去了，所以大家都私底下悄悄地行動著。

老奶奶們互相使眼色，把中午送來的飯菜裝進密封的容器裡，在醫院的商店買了果汁和麵包，還準備了可以席地而坐的野餐墊和報紙。我用保溫瓶裝了熱水，因為要小心不被發現，所以在飲水機前接熱水的時候，我還不小心燙到了拇指。因我而起的這場騷動，讓我感到提心吊膽，我不斷自責為什麼要做這種事，真是夠讓我傷腦筋的。下次如果再遇到舉棋不定、不知道該不該做的事情時，我一定會選擇不去做。

去春遊的人連我在內已經十個人了，包括浦項奶奶在內，無法離開輪椅的奶奶就有三個人，這樣一群人光是用想的就夠叫人頭疼了。老奶奶們從衣櫃裡找出最亮麗的衣服，戴上帽子，圍起了圍巾，還有人塗了口紅。啊！真叫人頭疼。

春遊地點是醫院的後山腳，從距離來看，只不過離醫院的圍欄幾十公尺遠，但不管怎麼說，那裡也是醫院外面了。大家擔心從正門出去會被警衛看到，所以我們決定從醫院後面的洞鑽出去。醫院後面生長的冬青樹形成了自然的圍牆，但中間卻有一處能讓人通過的空隙。

如果大家集體行動，肯定會引起護士的注意，所以我們決定二、三個人一組，走出醫院大樓。大家把便當放在坐輪椅的奶奶屁股兩側，再用衣服蓋住，報紙和野餐墊則是藏在她們的衣服裡，老奶奶們像國中生一樣開心不已。

奶奶們一個接著一個走了出去，我最後一個走出醫院，等我繞到醫院後面，就看到她們聚在冬青樹前，鬧嚷嚷地大談起自己「逃出來」的經過。

「我走到走廊盡頭剛一轉彎，不是有個又高又瘦的護士嗎？我跟她撞上了，我的媽呀！我這心跳的啊！連尿都差點跑出來了。」

其他人哈哈大笑了起來。

「她問我，您去哪兒啊？我說，就去前面散散步。可我這手一直抖個不停，所以說，人做了壞事活得都不踏實。」

「喂！壞事？這算什麼壞事？」

「嘿！當然是壞事，我們都應該待在醫院裡的，怎麼可以跑出來！」

奶奶們的笑聲更高漲了，現在大家只要穿過這冬青樹的縫隙就可以了，但卻沒有人採取行動。我看過去，那個人人都能穿過去的縫隙，只有輪椅過不去，但也不是沒有辦法，只要把坐輪椅的奶奶抱起來，再把輪椅折起來送過去就可以了。

可問題是，沒有能抱住奶奶的健康人。在這裡的都是連自己也無法照顧的老人，而且還是病人。大家把視線集中在我身上，是想怎樣啊？我也是病人啊！就因為是病人，我才會住在這裡的啊！我也是要依靠拐杖行動的人，要指望我抱起老奶奶，把她們送過去，簡直就是做夢。正當我們為難的時候，其中一個老奶奶指著地上說：

「只要把這個石頭搬走，輪椅就能過去了。」

老奶奶所指的石頭，其實更接近是岩石。所有人再次看向我，看來她們根本不在乎我的處境，只因為我是個年輕的男人，所以把我當成了鋼鐵人。那塊就算是沒有受傷、四肢健全的人也無法搬移的石頭，我伸直腿用腰部和手臂的力量，好不容易才滾動了二十公分左右的距離。我冒了滿身汗，心想，要是長期住在這間醫院，想要恢復健康大概是無望了。

經過一番折騰，好不容易大家都到了目的地。我們在草坪上鋪好布席地而坐，吃了中午帶出來的便當，大家在草叢裡採摘了一些艾蒿，並且聊起過去餓肚子的歲月。她們講的都是春天裡穀子、馬鈴薯都沒長出來，一點吃的也沒有的春荒歲月裡的故事。

「那時候艾蒿也採來吃，還有薺菜、野菜、馬蹄菜、茴芹、蕨菜和新筍，要是有玉米粉或者麵粉，就摻和在一起煮粥喝。」

「哎呀！那麼吃不好吃吧？」

「還挑什麼好不好吃呢？沒得吃，上廁所時連肛門都裂開了。」

「何止是吃野菜粥啊！我連丁香花和柿子花都摘來吃了。」

「還有野玫瑰和白草芽也吃過，年輕人，你知道什麼是白草芽嗎？」

一個老奶奶問我。

「白草芽？」

「嚼起來會有點甜的草，我們上學的路上摘來吃，放學的路上也摘來吃。」

「墳墓上長得最多，是吧？」

「沒錯，沒錯！」

奶奶們回憶著過去，眼神顯得越來越茫然。她們說每年春天的時候，都會想起當年餓肚子時的記憶。看到春光明媚的陽光，也只會喚回挨餓的記憶。

「那時候天也特別長，太陽下山後我們才能睡覺。到了傍晚，還沒等那黃澄澄的太陽下山，我都快要先餓暈過去了。」

「要是知道現在到處都是吃的，我就晚點出生了。」

大家表示同意的點了點頭。

挨餓的童年讓人心疼，有著挨餓的童年記憶的奶奶，更令人心疼。她們記得餓肚子的春天，可那樣的春天卻也只剩下幾次了，這真讓人傷心。

春天就是春天，陽光公平地照在每個人的背脊上。我們望著醫院，感覺它就像巨人的庭院，即便是春天，但它永遠都是冬天的巨人庭院。春天包圍著我，我在想自己還剩下幾次的春天呢？不如我也把現在的春天當作是最後一次，戴上帽子，穿上新衣去賞花？把這當作最後的春天，把這陽光當作最後的陽光，把春風當作最後的風。睏意來了，我打起了瞌睡。

#

春遊過後沒多久，浦項奶奶就離開了醫院。雖然這裡的氣氛很像療養院，但復健醫院畢竟不是療養院，沒有康復希望的病人只能離開。雖然這裡有物理治療室和工作治療室，但卻沒有臨終關懷的病房。所謂康復希望……其實大部分人都沒有康復的希望了，這裡依賴輪椅的病人，幾乎沒有接受治療後可以站起來的。這裡只不過是在幫助病人控制病情不再惡化，但如果病情惡化就沒有辦法了，這裡既不能做大型手術，也沒有可以搶救病危患者的體系。因此如果病人的病情出現惡化，也就是說臨死以前，院方會與家屬商議，把病人接回家或是轉去其他醫院。

在復健醫院，我沒見過有人臨終，因為大家都在適當的時候離開了。適當的時候，有人的「Back Number」從三位數變成兩位數的話，我會感到焦慮。可即便是變成了兩位數，但還是能從他身上看到活力的話，我會感到更加不安。他沒有多少時間了，應該準備一下，本人也應該整理一下了。

但用不了多久，醫護人員和家屬便會發現我所知道的事情，他們雖然不知道具體的日期，但自然而然地知道現在是時候離開醫院，然後很快將會面對臨終。

浦項奶奶出院的時候，偷偷塞了五萬元給我。

「奶奶，這是什麼？」

「上次去賞花的錢。」

浦項奶奶笑著離開了。

#

這間醫院裡，唯一真正接受過復健治療的病人，或許只有我一個人。不知不覺間，我從可以坐輪椅到腿上配戴輔助器站起來，然後摘掉輔助器利用拐杖，最後連枴杖也可以放下時，治療就算結束了。我經歷了毫無希望的治療過程，期間我甚至懷疑自己是否可以迎來康復的一天。

治療雙腿的核心是伸展膝蓋，這種單純的彎曲和伸展動作所帶來的痛苦，是沒有經歷過的人所無法想像的，醫院物理治療室裡，有一個叫做CPM的運動器材，把雙腿固定在上面，機器會以人工輔助伸展膝蓋。從疼痛程度來看，比起運動器材，它更像是嚴刑逼供的工具，最初我把腿固定在器材上時，痛得甚至想要放棄走了。只有注射止痛劑，我才可以繼續接受治療。

我往返於綜合醫院與康復醫院之間，反覆著出院和住院，期間不斷地接受著手術。

就這樣，足足過了五年以後，我出院了。

07

出院以後，我發現這個世界變得非常冷漠無情，或者是說，我之前沒有感受到原本冷漠無情的世界？我是有錢人家的孩子、是大學生、是還沒有到擔心找工作的年紀，車禍以前的世界對我而言，是個溫暖的地方。

但現在一切都變了，我變成了一個人，我必須獨自一人活下去了。

我生平第一次經歷沒有媽媽的生活，媽媽還在的時候，我從未想過她的存在性，但如今身邊沒有了她，我卻像個媽寶一樣每天都在思念她。媽媽的存在滲透進每個生活的細節裡，每天吃的飯菜，每天換洗的內衣、襪子，這些都不是從天上掉下來的。

有一天我出門時，走到一樓玄關，才發現外面正在下雨，因為是無聲的毛毛細雨，所以在家的時候完全沒有察覺到。我猶豫著要不要折回去拿雨傘，雖說只是上樓再下樓的小事，卻相當讓人覺得麻煩。我想起之前也發生過這種情況，下雨的早晨，我手上總是會有一把雨傘。因為媽媽會告訴我：「外面下雨了，記得帶傘。」媽媽總是會提醒我「今天天冷，穿暖和點。」、「今天有沙塵暴，記得戴口罩。」、「下午下雪，換雙鞋不要穿運動鞋了。」

現在媽媽不在了，我又淋雨又淋雪，任憑刺骨的寒風把我凍得僵硬。媽媽滲透在日常裡，沒有她的日子我過得跌跌撞撞。

我和允智分手了，我們沒有經歷什麼特別的分手過程，自然地、漸漸地、理所當然地就那樣分開了。我沒有感到心痛，因為身體的痛讓我無暇顧及心裡的痛。

雖然我還在休學，但我沒有再返回學校了。我不想跟那些比我小五歲的小朋友一起聽課，我不知道交著那麼貴的學費，每天去學的東西對我有什麼意義。我根本沒有獲得學位、憧憬未來的想法，什麼未來，真是哭笑不得的詞彙。未來？

話是這樣講，但人還是應該做些事情，於是我決定找份工作。但我光是有想找工作的想法，卻絲毫沒有頭緒。我大學沒畢業，沒有任何證照（只有駕照），也沒有參加過語言研修，更沒有各種大賽獲獎的經歷，就連義工也沒做過。

在這樣的情況下，一般人至少還擁有一副年輕健壯的身軀，可我卻連這個也沒有。雖然經由復健讓臥床不起期間退化的肌肉和神經得以恢復了，但我還是無法跟一般青年做比較。去超市買東西的時候，如果買了洗髮精或礦泉水，提著這些過重的東西回家，都會讓我覺得很吃力。

「你出院以後打算做什麼？」島梅問了我這個問題。

雖然只是偶爾，但島梅卻很堅持來看我。我從來沒把島梅當作獨一無二的知己，但我很肯定的是，他可不這麼認為。

島梅的「Back Number」很是驚人，真不知道要活完那些數字，需要多少的金錢、付出多少努力去照顧身體？看來島梅是應該拚死工作、拚死存錢、拚死自我開發、每天早晚都要去運動的命運，因為他的人生很長，所以他歸屬在必須努力活下去的那類人裡。儘管如此，我在他身上卻看不到一絲努力活著的跡象，於是我開始為他漫長的晚年生活擔憂了起來。

島梅要是不倒楣地通過第二次聯考倒也還好，可他連第三次聯考都落榜了。島梅逃避性的選擇了入伍，因為是為了逃避而去做的事情，所以他看起來也不怎麼開心。

「快退伍的時候，所有人張嘴閉嘴都在問我退伍後打算做什麼，真是讓人受不了。我做什麼關他們屁事！他們根本一點都不在乎這些，幹嘛要問一個高中畢業、家裡沒錢的傢伙這種問題啊？話說回來，你出院後打算做什麼啊？」

我這幾年為了不死而活下來的人生，唯一的目標只是希望四肢能像正常人一樣行動自如，如今被問到今後打算做什麼的問題，這讓我覺得很新鮮。

聽到我想找工作，於是島梅幫我介紹了現在工作的公司，老闆是他的堂哥。

「我朋友人長得超帥，國中的時候是我們班上最有人氣的，他功課好，家裡又有錢，所以女生都圍著他轉。說實話，他就是性格不太好，但也不是個壞傢伙。」

這就是島梅的推薦詞。

「我朋友可是粉身碎骨後重新養好的身子骨，你可得小心點用，不能讓他幹重活，找點輕鬆的事給他做吧！薪水就照著零用錢給些就行了。」

島梅根本沒跟我商量，就擅自作主幫我談了薪水。

就這樣，我在跑腿公司找到了工作——「Good Help Service」，這是一家幫人處理所有難辦、緊急、麻煩事情的跑腿服務公司。搬家具或是馬桶堵塞的時候，客人都會打電話來，獨居女人要在牆上釘釘子或是換燈管也會找我們幫忙，還有經常會有要我們抓蟑螂的工作。

讓我感到吃驚的是，一直會有要我們幫忙排隊的工作，人們為了送孩子去幼稚園、為了報名英語補習班、為了申請考試，從前一天晚上就開始排隊，他們打電話來要我們幫忙去排隊。這些家長這麼做，不是為了獲得金錢與名利，而是為了爭取可以獲得金錢與名利的機會，人們變得比從前更加勤奮了，他們購買他人的勞動力來獲得勤勉與結果。

公司的工作並不累，而且我是一個誠信、親切的員工，這不是我個人主觀的想法，而是因為客觀的指標顯示，我是沒有客訴電話的員工之一。我也遇到過難搞的客人，但我都會對他們抱持親切的態度。所謂服務行業的親切，可以視為一種演技，我扮演的是「聲音和藹、態度親切」的角色。

演戲時如果受到某種程度現實的影響，演員會很難投入進角色。比如，下個學期的學費或是生病母親的住院費等等，如果這些與工作聯繫起來，只會讓工作做起來更加辛苦。面對提出無理要求的客人時，如果想到的是無法辭去工作的現實，那只會傷了感情。壓抑住受辱羞恥的情緒做事時，工作很容易成為患上心病的感情勞動。

我的處境還沒到為了討生活而工作，因此我在工作上是自由的，從自由中獲得了從容與寬容。即便是聽到蔑視我的話，我也不會受傷，面對無理的要求也不會覺得委屈。我是一個優秀的員工，偶爾還會遇到給我小費的客人，這也證明了我是一個有能力且親切的員工。我會簡單謝過客人接過錢，人們花錢購買商品和服務，有時也會花錢購買寬厚與優越感。

我對工作沒有特別的不滿，工作時間分為白班組和夜班組，雖然我在白班組，但如果工作忙也會去加夜班。因為薪水是按照工作的件數分發，所以多做多得，少做少得。我選擇少做少得，就像島梅說的，我必須小心使用身體。

#

做了隆胸手術的女生打來了要求再次服務的電話，要我去麻浦的一家餐廳幫她買辣雞爪。夜裡打電話來的人，大多數都是要買宵夜的，雖然很多餐廳哪怕只是一碗麵也願意誠心誠意地送上門，但那些有人氣的餐廳才不會做這些。那些習慣了立刻滿足要求的客人會打電話來，他們為了買幾千元的辣炒年糕，願意支付兩倍的跑腿費用。越是能立刻滿足要求，人們所要求的細節也就越是具體，客人不會說：「我想吃辣炒年糕。」而是會具體的說：「我想吃某學校門前小吃店的加了紫菜卷和炸水餃的帶些湯水的辣炒年糕。」

一個自稱是孔賢珠的客人打電話到公司，特別點名要李元永上門服務。老闆親自打來電話問我。

「誰啊？」

「誰？」

「孔賢珠是誰？」

「不知道。」

聽到老闆唸出地址，我才想起是去洗頭的那戶人家，我還記得因為當時迷路，確認了好幾次地址。老闆說，至今為止也沒有遇到客人記得跑腿員的名字，他說了一堆廢話以後，卻沒說客人要我做什麼，叫我自己打電話過去問。

「你知道麻浦有一家有名的辣雞爪店嗎？上過好幾次電視呢！」

「店名是什麼？」

「不知道店名欸，麻浦不是有一家烤豬皮店嗎？就在那家停車場旁邊啦！真是的，店名是什麼想不起來了，那家店很有名的，你真的不知道？」

我上網搜尋後又打了電話過去。

「沒錯，就是那裡！」

女生開心極了，她說今天要是吃不到那家的辣雞爪，怕是連覺也睡不著了。外送餐點的服務費並不高，但如果往返超過三十分鐘以上的話，就要增加費用了，女人點了無骨雞爪（最辣的）、兩份飯糰、蒸蛋和一瓶燒酒。

深夜的辣雞爪店裡坐滿了客人，說是上了幾次電視的有名美食餐店，可到了一看，餐廳的規模卻很小，店內只有幾張桌子，倒是外面的空間更大一些。老闆在門前的人行道上擺了幾張餐桌，也不知道這空間是他所有，還是擅自占有使用。

店裡充斥著香菸與辣雞爪的辣醬在炭火上烤焦的嗆人煙氣，客人們一邊喝酒一邊抽菸，他們恣意地把煙灰彈在地上。不管是餐廳還是酒吧都禁止室內吸菸了，但這家店卻完全不在乎規定，其實這家店很難區分室內與室外，因為店裡要使用炭火，老闆應該是故意卸下大門不做區分的，然後等到關店的時候，再把玻璃門重新安裝上去。

我事先打電話訂好了餐，在等待包裝的過程中，我注意觀察著一個男人。那個男人用夾著菸的左手喝著燒酒，右手夾起炭火上的肉不停地往嘴裡送著，在這種情況下，他還能不停地大聲跟人聊天。一張嘴又能抽菸又能喝酒，還能邊吃東西邊跟人聊天，將一張嘴發揮了四種用途。我之所以會注意到他，是因為在我觀察他的期間，他的「Back Number」減少了一個數字。

親眼目睹到數字減少的瞬間，可不是常有的事，因為每個人的時間點都不一樣。最初我還以為夜裡十二點一過，每個人都會同時減少一個數字，但觀察下來卻不是那麼回事。我很快察覺到數字減少的時間點可以是在清晨，可以是在白天，也可以是在夜晚的時候，因為人死的時間也不會分白天和黑夜。由於很難目擊到數字減少的瞬間，所以我推測大部分情況都是在人們睡著的時候數字才會減少。

數字不一定要滿二十四小時才會減少，幾小時、幾分鐘或者更快的時間也會減少，這或許跟個人的習慣有關。

比如像吸菸等壞習慣，吸菸會減少人的壽命，我在報紙上看到過，一根菸會減少十四分鐘的壽命。假設一天抽一包菸的話，以此計算，吸菸者就會比非吸菸者短壽二十年。邊喝酒邊抽菸的話，尼古丁會溶解在酒精裡，吸收得更快，因此更有害健康，加上肉烤焦時冒出的煙裡含有致癌物質苯芘，坐在辣雞爪店裡一嘴多用的那個男人，擁有了最適合縮短壽命的習慣。雖然人們的數字每天都在切實地遞減，但也有很多捷徑可走，藥物或酒精中毒的人，一次減少幾天的壽命也不是不可能的事情。

我幾乎沒有見過增加數字的情況，雖然有很多人像是要參加長壽大賽一樣，想盡各種辦法延年益壽，但人生的長短可不是個人可以控制得了的。不管怎麼努力，人生的長短也不會增加，就算是嚴格地攝取每日所需的營養素、堅持運動、冥想和吃下幾百萬元的補藥，這都與壽命的長短無關。

我們可以控制的不是人生的長短，而是生活的品質。我們嘗試少食或斷食，只是希望自己活著的當下身體更輕盈、更輕快，而不是為了多活一天。我們做運動是不想得了關節炎，走路一拐一拐，我們希望獲得綠燈一閃一閃時可以跑到馬路對面的自由，可以全力以赴追趕上快要開走的公車，而不是為了多活一天。我們戒菸是因為不想在毛衣上留下煙味，不想微笑時露出變黃的牙齒，而不是為了多活一天。

不管再怎樣努力，人還是終將一死。戒菸、戒酒、有規律的運動、Omega-3 和益生菌、乾淨的空氣和水、素食和生機飲食，這所有的一切都無濟於事。令我驚訝的是，置我們於死地的是生命本身，因為活著才會有死亡，時間經過，那些數字就會減少，人就會死亡。

店裡的每個人都有「Back Number」，但不管怎樣，今天先把這些活著的人拋在腦後，我趕往女生的家。雖然上次來過，但我還是迷路了，我搖了搖頭對自己感到失望，但一想上次是白天，這次是晚上，迷路也是情有可原的。我如此安慰著自己，對自己太刻薄終究不是件好事。

那棟紅色窗框的東方式別墅公寓，每層樓的狗還在叫著，孩子也還在哭著，做了隆胸手術的女生也還是敞開著大門。

「妳平時都不鎖門的嗎？」

「嗯？」

「上次門也是開著的。」

「啊……那是因為我知道有人要來啦！平時都會鎖門的。」

我把買來的辣雞爪拿出來放在餐桌上。

「再怎麼說，還是確認好身分再開門比較安全，不是有很多偽裝成快遞員和瓦斯抄表員的強盜案件嗎？出門前要認真檢查好窗戶，養成鎖門的習慣，玄關最好放一雙男生的鞋，讓人知道女生一個人住，終歸不是件好事。」

我把東西都擺好後，看了看她，女生瞪大眼睛噗哧笑了出來。

「欸，你這是在跟我囉唆嘛？」

「我只是就事論事。」

「吼吼，我就是喜歡跟我囉唆的人。」

「……」

女生用力撕開免洗筷。

「坐啊！」

「嗯？」

「我一個人怎麼吃得下這麼多。」

我遲疑了一下，公司不是沒有接到過要求一起吃飯的工作，因為不敢一個人去餐廳吃飯的人出乎意料的多，特別是烤肉店，他們連想都不敢想。如果接到要求一起去吃烤五花肉或是烤牛小腸的工作，跑腿員們便會爭先恐後起來，又能吃到烤肉又能賺到錢，簡直是一石二鳥。但我今天接到的工作只是送餐上門，如果一起吃東西的話，那服務費就要另外算了，服務費取決於消耗的時間，而非消耗的能量。我雖然遲疑了一下，但是看在她再次叫我的份上（而且還是特別指定了我），我決定不用跑腿員的身分，而是以個人李元永的身分來陪她一起吃飯，這樣的話就不必追加費用了。

但問題是，我一次也沒吃過雞爪這種東西。動物的話，我只吃瘦肉，我很不能理解，可以吃的肉那麼多，為什麼非要吃爪子、內臟和舌頭。女人點的無骨雞爪雖然去除了骨頭，而且也看不出雞爪的模樣，但不管怎麼看還是覺得沒好感。

我調整好心情吃了一口，因為辣醬的味道很重，所以根本嚐不出雞爪原有的味道，只是覺得很有嚼勁。如果光是有嚼勁倒也還好，咽下去以後才感受到辣味在體內像是燃起了火，我嘴裡火辣辣的，根本合不攏嘴，我眼裡含著淚，鼻涕也流了出來。女生看我擦起了眼淚和鼻涕，呵呵直笑。見我大口喝水，她挖了一大口蒸蛋送到我嘴邊。

「來，這個比喝水有用。」

我把蒸蛋含在嘴裡，火辣辣的感覺稍稍減弱了，我咕嚕嚥下蒸蛋後猛地靠在椅背上，一口辣雞爪讓我徹底失去了精神。女生笑呵呵的，一臉興奮的表情。

「你不能吃辣啊？」

「不太吃辣。」

「哦！滿好吃的啊！吃完辣，壓力就都發洩出去了。」

女人蠕動著嘴巴，慢慢咀嚼著雞爪，她把燒酒倒進燒酒杯喝了下去。

我沒有陪她喝酒，我把水蘿蔔泡菜當成小菜，吃起了飯糰。女生只喝了三杯燒酒，然後就把瓶蓋擰上了，但她的臉蛋還是泛起了紅暈。

「你多大了？」

「二十七。」

「是哦？看起來很小嘛，那你看我多大？」

我討厭女生問這種問題，如果想告訴對方自己的年齡，就直接說出來就好，問這種問題幹嘛？她不是在問我她實際年齡有多大，而是問我她看起來像多大，所以我必須推算出一個既不荒唐又能讓她聽了開心的數字，這種精神工作也很累人。

這種時候，島梅教我的就派上用場了。

「女生都希望猜謎。如果她們問『你不覺得我哪裡變了嗎？』那十拿九穩就是去了髮廊。有的女生吹了頭髮也會來問，說實話，吹個頭髮能看出啥？要是燙個大捲倒還好識別，可她們還是愛問！」

「如果看不出哪裡不同，只要回答『吹了頭髮？』」

「當然不行了，如果看不出哪裡不同，就說『不知道妳哪裡變美了』，要誇她氣質不同了。女生才不會告訴你自己戴了彩色隱形眼鏡或是貼了長睫毛呢！她們會裝作自己原本就是大眼睛。但如果你什麼都不說，女生是會生氣的，所以你就說『整體散發的氣質變好了』，這樣她們就會滿足了。」

島梅說，如果女生問自己看起來多大，回答時要比自己想的再少說三、四歲，而且等女生說出自己實際年齡時，還要略微作出吃驚的樣子。

「妳應該有三十出頭了吧？」

「三十幾？」

「難說，三十剛過？」

「哎呀！你好壞，人家才二十九啦！」

「啊啊！是喔！」

騙人！如果她是二十九，我說看起來像三十出頭的時候怎麼會那麼開心。女生如果被說看起來比實際年齡大的話，表面上雖然能盡量克制自己表現得無所謂，但實際上這比說她們長得醜更讓她們難以忍受。從這個女生的表情來看，明明就已經三十五歲左右了，如果真的是這樣，她看起來還真是童顏。

我吃了兩份飯糰以後就飽了，女生說的「自己怎麼吃得下」的雞爪，也都被她一個人吃光了。看來她也很辣，額頭上都出汗了。

「啊！解壓了。」

女生吃飽後像貓咪一樣變得懶洋洋的，她這樣很性感。

「你不下班嗎？」

「完成這裡的工作我就下班了。」

「那你現在就下班好了。」

女生從椅子上站起身走向我，她彎腰吻了我。手術後隆起的胸部貼了過來，辣雞爪的辣味傳到我的嘴巴裡辣呼呼的。

#

出院後，我跟幾個女生交往過。無法說出具體交往的人數，是因為我們的關係很模糊，交往的時間都很短。

與人親密接觸會讓我感到很痛苦，每次認識一個人時，我都會想到那個人的最後一刻，這讓我怎麼也開心不起來。剛與人相識，腦子裡就在想這個人什麼時候會死，如果當事者知道了，一定會生氣，我也會感到很困擾，我覺得自己好像變成了陰間使者一樣。某一瞬間，當我看到在我面前開心說笑的女生背上發著綠光的數字時，我便會像是看到了她的屍體一樣，這讓我覺得自己很殘忍。

我是喜歡女生的，我喜歡她們軟綿綿的手掌和高嗓音，我喜歡和她們聊天、吃飯、上床，我享受與她們約會的時間。但當關係變得親密無間時，那又是另一個問題了。變得親密進而交流情感，再一同設想未來，比如愛？這是我做不到的，恐怕未來也很難做到了。

我交往過一個背上寫著三位數數字的女生，雖然我努力想要對她好，但自己卻感到了罪惡感。我不得不替她著想，她所剩無幾的日子，不值得跟我這樣的人度過。我們交往還不到一個月就分手了，我提出分手的當天，臉上挨了一巴掌。站在女生的立場來看，被通知分手很荒唐，簡直是激怒了她。但不管怎麼說，我都沒有信心每天看著她減少的數字。

#

吃辣雞爪的那天，我在女生家過了夜。黎明時分，我走出紅窗框的公寓時心想，要不要去租一輛車呢？

如果我說「我怕車」，很多人都會做出「啊！那是當然了」的表情，少數天性善良的人還會同情我。跟大家一起坐車出門時，他們待我就像易碎的花盆一樣，到家門口來接我，然後再把我完好無損地送回家。但即便是這樣，我還是可以開車的。雖然有很多經歷過車禍的人，因為事故陰影永遠都不再握方向盤了，但我卻不以為然，我並不是不能開車，而是不想開車。

不管怎麼說，開車還是會讓人感到緊張，不管是誰，長時間駕駛都會讓人覺得頭疼、全身痠痛。如果是近距離的地方我會用走的，如果是遠距離我會選擇搭地鐵，上班的時候我會騎機車，去姨媽家的時候坐火車。我沒有買車，需要的時候可以去租車。

「需要的時候」不是指我需要車的時候，而是指跟需要車的女生約會的時候。很多女生才不管什麼心理陰影，她們只覺得沒車的男人很遜，如果長期跟一個女生交往，我會在自己能力允許的範圍內，租一輛性能又好又拉風的車。

我不知道跟這個女生可以交往多久，畢竟我們的年齡差很多，所以很難估量會持續跟她約會多久，但我有一種預感，覺得自己會跟她交往一段時間。她的「Back Number」還有很多數字，這點讓我很放心，因為還有很多時間。

「漂亮吧？」

我剛跟島梅提起賢珠，他便立刻問了這個問題。

「不漂亮。」

「臭小子，肯定漂亮。」

「你憑什麼這麼肯定？」

「如果是做了隆胸手術的女生，首先臉蛋肯定在平均以上，因為醜女都會先做鼻子和眼睛，從費用對比效果的層面來看，這是最佳選擇。胸部可以用水餃墊來補救，但臉蛋可沒得救了。還有，做隆胸手術的女生肯定很瘦，因為胖女生的胸部都比較大，乳房其實就是脂肪，大部分身材苗條的女生，胸部都很令人失望。我只見過胸部縮小的，可沒見過自己變大的，所以女生才會去做那種手術啊！」

「哇！你這小子可以寫論文了。」

「還有一個決定性的因素。」

「什麼因素？」

「要是長得不漂亮，你幹嘛浪費酒水跟我提她啊？」

也許是這樣吧？

#

我過著安靜的日子，白天上班，晚上休息，週末也盡量在家休息，但每隔兩、三個月，會利用週末的時間去參加兩天一夜的健康研討會。研討會的主題很多樣，大多是關於微營養素的，比如Omega-3、維生素的效能和益生菌帶來的驚人奇蹟等。偶爾也會採納生活運動的重要性作為主題，比如倒走運動、拍手運動和收縮肛門運動等多樣性運動。

講課主題不僅有健康，還包括了戀愛、結婚等涉及人生各個方面的內容。研討會的住宿費全免，還提供一日三餐，當然美味佳餚也都是免費的，因為研討會開在姨媽家，講師自然也是姨媽了。

姨媽的「Back Number」也很驚人，雖然她已經年過半百，但還擁有著超過一萬五千的數字。或許正是因為這樣，每次見到姨媽時都覺得她很富裕、安寧。

我搬家了，跟父母一起住的房子太大了，我把家裡的家具、衣服和生活用品全部丟了。與其說丟了，不如說我把家裡的東西都留在那裡，只有自己離開了。而且那時我才知道，原來還有專門處理遺物的公司，至於那些東西的下場如何，我就不得而知了。我被律師、稅務師、保險設計師和公認仲介師送到了這裡，搬來的社區與我一點關聯也沒有，這裡不是我兒時生長的地方，也不是學校附近，就連社區的名字也是第一次聽說。

我生活在這裡，不與任何鄰居來往，簽約時也只見過屋主一次，之後就再也沒見過了。

如果發生問題，可以直接聯繫社區的管理員，但這裡是新房子，所以也不太會有什麼問題。我很少遇見其他房客，不知道大家都在什麼時候出門，又是在什麼時候悄悄回家。

從物理角度來看，我與鄰居的距離很近，因為住家之間的牆壁沒有超過二十公分，可以說我們是住得最近的陌生人。新聞報導著孤獨面對死亡的死者，偶爾可以看到死後幾個月後才被發現屍體的報導。當某人面對死亡的時候，說不定在相隔不到一公尺的牆壁另一側，有人正在床上「造人」。雖然我們住得很近，但卻對彼此的生死全然不知，即便如此，我們也不想去了解。這種集合式住宅的生活，會讓我們自然而然地了解，那些不知道也無所謂的他人的習慣與喜好。

我知道住在樓下的人，習慣每天早晨坐在廁所裡抽菸，因為煙味會沿著廁所的通風口飄上來。每天早上，我半睡半醒的到廁所撒第一泡尿時，都會被撲鼻而來的煙味噁心到。這原本應該是清晨最爽的第一次排泄時間，但卻受到了妨礙，雖然我感到很心煩，但終究還是忍了下來。

樓上的住家會在深夜洗衣服，夜裡十一點屋主才下班，回到家便開始做起了家務，又是用吸塵器又是洗衣機。我不知道樓上住的是男生還是女生，也不知道年齡和職業，但我知道他應該是個很勤勞且挑剔的人。鄰居家今晚吃什麼，樓下是哪家中國餐廳的老顧客，我都一清二楚了。

我不想展露自己生活的細節，只想安靜的過日子。我會盡量避免有人登門造訪，快遞也會請管理室代收。我不聽吵鬧的音樂，也不會邀請朋友到家裡來。雖然獨居，但我不會叫外送，我不願意吃外送的食物，更不想直接面對外送員，我不是害怕見人，而是害怕他們騎的機車。

我也騎機車，但我不超速，也不會搶車道，我很遵守交通號誌。服務這種行業，時間就是金錢，但我錢很多，時間更是多。也許客人會等得著急，但那都與我無關。因此我會害怕既沒錢又沒時間的機車大隊，特別是在下雨、下雪的天裡。

事情發生在我住院的時候，偶爾有空的張醫師和一直有空的我，並排站在窗前看著窗外的雪。窗外除了落下的雪以外，幾乎沒有移動的物體，那時忽然從醫院外的巷子裡衝出一輛機車，機車穿透大雪急速行駛著。我們目不轉睛的看著那輛機車，它忽然神奇地滑倒了。

機車行駛的速度加上下雪，使得路面的摩擦力降低，這讓機車滑出了十幾公尺遠。我們就像觀看著一場冰上曲棍球比賽一樣，還沒等我們為司機的生死擔心時，只見他猛地從地上爬了起來，跑上去追趕他的機車，簡直就跟滑稽的鬧劇一樣。忘了是我還是張醫師誰先笑出來，幸好那個司機安然無恙，我們才能笑得出來。

當時，張醫師開口說道：

「這都是潛在的器官捐贈者啊！」

我看著張醫師，沒明白他在講什麼。

「嗯？」

「那些亂穿馬路的機車，連中央線也超越，隨意轉彎，還那麼危險的超車。騎機車的那些人都不戴安全帽的，他們就是潛在的器官捐贈者，等著做移植手術的人，都盼著下雨或下雪的天能聽到好消息呢！」

我一聲不響地看著張醫師，他突然看了一眼手錶，假裝有事要忙便跑掉了，看來他是意識到這種話不應該對剛經歷過交通事故而導致綜合骨折和器官損傷的人講。

滑倒的司機沒能再騎上機車，他用力推著機車，消失在另一條巷子裡。

那句「潛在的器官捐贈者」一直留在我的腦海裡，器官捐贈者……腦死狀態的人才可以捐贈器官。腦死是指腦幹神經反射消失，無法自主呼吸，但心臟等器官仍維持活動的狀態。判定為腦死的人如果同意過捐贈器官，便會被看作死亡，醫生會摘除他的器官，讓他澈底的死去。若並非這種情況，腦死則不能視為死亡，如果此時摘除腦死的人的氧氣罩，就會成了殺人。所謂死亡，竟是如此任性。如果需要死亡，便可以判定為死亡；如果不，那就會讓你生不如死。

自從那天以後，我看到趕著要去送餐的機車就會害怕，那些在披薩冷掉以前，在炸醬麵軟掉以前趕時間的機車。我盡量不去看那些趕來為我送餐的外送員的背影，因為我害怕看到他們身上閃著紅色的「Back Number」。

我盡可能自己在家煮飯吃，買來為一人家庭所準備的半加工食材，就可以解決吃飯問題了。雖然我不會煮飯，但做了也還能吃，我不喜歡隨隨便便的填飽肚子，但也不會為了吃一頓午餐開二十公里的車，跑到上過電視的餐廳排隊。

美食，仔細品嚐食物的行為、對食物的溫度、食材的尺寸、裝盤和擺放模樣等保持敏感的態度，這些都讓我感到難以適應。儘管如此，我也不會靠杯麵、冷凍食品或是下酒菜來充飢，只有吃了白飯、湯和青菜，我才會有吃了飯的感覺。

其實，這種一日三餐要吃飯菜的飲食習慣，是在醫院裡養成的。讀書的時候，我也喜歡吃速食，不是因為忙而選擇速食，而是因為單純好吃，我喜歡披薩，也愛漢堡。那時，我常常不吃早餐。每天早上為了多睡十分鐘而放棄吃早餐，媽媽要叫我起床也很辛苦。

醫院的時間是以吃飯時間為中心的，手術、治療或檢查的時間就算預定好了，也還是可以提早或延後，但吃飯時間卻必須嚴格遵守。

清晨六點，打掃衛生的阿朱媽進來掃地、清空垃圾桶和打掃廁所，那個時間大家都還在睡覺，但阿朱媽可不管這些，她們連家屬睡的簡易床鋪四周也要打掃。接下來，護士進進出出，她們一大早把整天躺在床上的病人叫起來量體重、測體溫和血壓，有必要時還會測量血糖。做完這些連幾分鐘都用不上的檢查後，大家只能無可奈何的等著吃早餐。

早餐時間是七點，但根據病房的位置，離電梯最近的病房會在六點五十分送餐，最遠的可能在七點五分完成送餐。吃完早餐後，接著要等午餐，晚餐也是如此，雖然大家都沒胃口吃東西，但因為沒有什麼好盼的，所以只能盼著吃飯時間。

午餐的配膳車來了，大家會知道已經到中午了，聽到晚餐的配膳車聲音，便會知道一天又結束了。星期三的中午有特餐，大家可以預訂想吃的東西，星期二晚上，病人會和家屬小聲討論隔天中午是吃特餐，還是只吃平時的午餐。

過了五年這種按時吃飯的生活，我的胃腸早已徹底適應了。不管多晚睡，早上六點都會醒來，剛過七點就會覺得肚子餓。萬一錯過了早餐時間，我就會感到焦慮不安，但早上七點吃早餐卻不是件容易的事。在醫院的時候，每天都會有人送餐，可如今我要自己煮飯熬湯，這真不件簡單的差事。雖然我很想好好的吃頓早餐，但有時無奈之下，也只能靠吃麵包或冷凍年糕來解決。

有一天，我實在不想再弄早餐了，心想不如出去找家早餐店吃早餐好了，結果發現了一家叫做「珉智家」的餐廳。

「珉智家」一看就知道不是為了開餐廳而存在的店，它更像是為了開便利商店或房屋仲介而存在的四方型空間。但從地理位置來看，這種偏僻的地方，不要說是小商店了，連鎖便利商店也不會開在這裡。房屋已經很老了，牆上密密麻麻的貼著各種又髒又舊的廣告和海報。一樓有髮廊、小商店、牛奶代理商和洗衣店，最裡面就是這家餐廳了。雖然餐廳門口掛著「珉智家」的招牌，但餐廳看起來卻很簡陋。

家裡冰箱空了，什麼吃的也沒有了，所以我才想出門買點麵包，或是找家二十四小時的便利商店。路過這裡時，其他店都還關著門，只有珉智家的燈是亮著的，我在店門外躊躇不決，不知道該不該走進去。可以吃早餐的餐廳門前，通常都會寫出「早餐定食」的字樣，但怎麼看這家餐廳也找不到那樣的標示，我經過後覺得不甘心，於是又走了回來。

我在餐廳門口踱來踱去，突然餐廳的門開了，我嚇了一跳。一個看起來四十幾歲的阿朱媽探頭出來，她像是打量奇怪的人一樣盯著我，我又沒做錯事，但還是驚慌失措了一下。

「啊！那個……，請問可以吃早餐嗎？」

阿朱媽上下打量了我一番，看來能不能吃早餐要看我的外貌才能決定了。她或許是覺得我不會吃霸王餐，於是讓我進去了。

「請進。」

餐廳的內部比外面看起來乾淨，雖然桌子、椅子和牆上的鏡子看起來很舊了，但地面卻擦得相當乾淨，餐廳看起來還沒開始營業。

「現在菜單上的菜都還沒準備好，只有定食套餐。」

「好的，那就給我定食套餐好了。」

阿朱媽走進廚房，雖然看不到廚房內部，但似乎廚房裡面還有一間屋子，我聽到裡面傳來孩子的聲音。

「媽，妳知道今天有體育課吧？」

「看到通知啦！」

「運動服、運動鞋、跳繩，媽，我會交叉跳了耶！妳會嗎？」

「交叉跳？」

這家餐廳的名字叫「珉智家」，看來那個孩子應該就叫珉智吧！看店名時我還以為是個女生，原來是個男生。

看到珉智媽（也許是）端上來的定食，我胃口大開，加了豆子的白飯配牛肉海帶湯、雞蛋捲、涼拌海帶絲、泡菜和生紫菜。我還是第一次在餐廳吃到加了豆子的白飯，紫菜也不是塗了油烤的，而是生紫菜。

我在稍稍尷尬的氣氛下拿起了筷子，我剛用筷子夾起白飯裡的豆子，只聽屋裡傳來媽媽訓斥孩子的聲音。

「不許挑豆子！」

我嚇了一跳，把筷子上的豆子掉在了地上，我不挑食，但卻很討厭吃豆子。因為我吃豆腐，所以也不覺得自己有挑食，我只是討厭吃豆飯罷了。我還是小學生的時候，媽媽就跟不肯吃豆飯的我較量了一番。

「你知道豆子對人身體有多好嗎？」

「妳知道豆子有多難吃嗎？」

媽媽說，如果我再挑豆子就不給我飯吃，對此我不僅用絕食來表示抗議，而且還要過小聰明，吃一口飯在嘴裡，然後像挑魚刺一樣用舌頭篩出豆子，再偷偷地吐出來。媽媽要我吃豆子的意志十分頑固，她甚至把豆子切得粉碎，讓我挑不出來，但我寧可花上一個小時的時間，也要瞪大眼睛把小米粒似的豆子全部挑出來。

「你就不能好好吃飯嗎？」

「呃啊！」

這場豆戰進入到持久戰以後，態度頑固的人要比要兇狠的人更有勝算。我讀國小時，媽媽還是有優勢的，我偶爾會屈服在她的威脅之下，或是被她勸說成功。我眼裡含淚的吃下豆飯，我把豆子先挑到一邊，然後先吃完白飯，再一口氣地把豆子送進嘴裡，也不怎麼咀嚼就吞下去了。幾年過去後，我終於肯吃豆飯了，媽媽為此感到很欣慰，但等我到了青春期，便又開始拒絕起吃豆飯了。

「我說我討厭吃豆子！妳喜歡的話，那妳就多吃啊！」

面對青春期的兒子，媽媽的氣勢明顯減弱了，青春期的兒子與更年期的老媽有很多發生衝突的地方，所以她根本沒有餘力計較我吃不吃豆子了。雖然媽媽煮飯時還是會加豆子，但她會把豆子撒在一邊，替我盛飯時會盛沒有豆子的一邊。我的飯裡只是沒有了豆子，但還是帶著豆子的氣味和豆子蒸發出來的水，不過這種程度的妥協，我是可以勉強接受的。

看著豆飯，我想家了，想起了坐在餐桌前的媽媽和爸爸。在外面吃飯幾乎都是白飯，吃了五年以上的醫院伙食也是白飯，雖然五穀雜糧和糙米飯對身體好，但卻難以消化。

這家餐廳的屋裡有一個叫珉智的孩子在吃飯，他跟我吃的菜一樣嗎？他也討厭吃豆子，所以被媽媽唸，雖然孩子現在迫於威脅肯吃下豆子，但等他到了青春期就會把豆子都挑出來的。口味這種東西可不是靠威脅就可以改變的，只能順其自然地去改變。

話說回來，這豆飯該怎麼辦才好呢？要是我把豆子挑出來，雖說不會被阿朱媽訓斥，但她一定會不高興的。我也不知道為什麼。自己想在阿朱媽面前好好表現，所以在她出來以前趕快把豆子都挑了出來，然後用紙包好，裝進了口袋。我美美地吃好了早餐，真是太棒的早餐了，沒有重口味的小菜，身體感到很舒服。

當我快要吃完的時候，阿朱媽從屋裡走了出來。也不知道珉智有沒有挑豆子，早餐吃好了嗎？

「多少錢？」

珉智媽遲疑了一下。

「就給四千元吧！」

她沒一口咬定說「四千元」，難道說，這頓飯其實更貴，但她只收我四千元？還是說，定食沒有固定的價格，每次都根據她的心情而定？原來菜單上沒有定食套餐，看來我吃的不是這家店在賣的，而是分享了珉智的早餐。要是跟珉智坐在一起吃飯該有多好，這樣我們就能互現監督對方有沒有挑豆子了。

從那天以後，我幾乎每天早上都會去珉智家吃早餐。

除了上班和吃早餐以外，我幾乎都不會出門。沒有工作的時候，我就在家裡休息，因為身體還沒有澈底恢復，所以我必須好好休息。

身體沒有澈底恢復，那心呢？心真的可以澈底恢復過來嗎？我肯定是回不到過去了，我變了，我……變得怪怪的了。

有一段時間，我感到極為困惑，我是怎麼了？我是妄想症病人？我是有超能力的人？還是被鬼神附了身？難道我是外星人？還是鬼？難不成那次車禍時我就已經死了，現在經歷的都是死後世界？我甚至懷疑自己是不是人。

想到這裡我哭了，流進嘴裡的淚鹹鹹的。哭著哭著我想上廁所了，我一邊撒尿一邊想：

「不對啊！瞧，我是人類啊！我還可以上廁所呢！」

如果我是鬼的話，我就不用撒尿、大便、流汗，不洗臉臉上也不會出油脂了，這些都是人類才有的啊！

國小的時候讀希臘羅馬神話，比起神話的內容，我更留意的是書中神的畫像。媽媽為了提升我的素養，給我買了很多昂貴的圖鑑，裡面也有很多文藝復興時代神的畫像。愛神邱比特手中拿著弓箭，背上長著一對小翅膀，還露出又小又可愛的小雞雞。那些以完美的人體比例雕刻而成的雕像，也都理所當然地帶有性器官，他們的屁股也都是分成兩半的。我非常好奇，這些在書中或雕像上看到的器官，其用途真的是用來小便和大便的嗎？神也會上廁所嗎？也許好奇女神阿芙蘿黛蒂會不會小便的小朋友，只有我一個人吧？

國中時，看過《美人魚》的動畫片以後，我感到更加困惑了。讓我感到困惑的是，美人魚要怎麼大便呢？因為不管怎麼看，我都找不到她的排泄器官。美人魚的上半身是人類，腰部以下是魚，貝殼遮擋住了她隆起的胸部，她的形體苗條、腰肢筆直。美人魚又長又濃郁的秀髮，像海草一樣擺動著，她和形形色色的魚兒一起游在大海裡，美人魚的姿態是那麼典雅、優美。但我還是感到很困惑，到底她要從哪裡大便呢？

我生活了幾年的復健醫院大廳裡，有一個巨大的魚缸，為了提供病人心理上的安全感，醫院在魚缸裡養了很多顏色豔麗的魚。心裡不安的病人，都緊貼在魚缸旁幫魚餵食，沒多久魚就都死了，因為魚只要有食物就吃，最後牠們都被撐死了。雖然魚缸上面貼著「禁止餵食」的警告文，但病人們按耐不住對魚的喜愛之情，偷偷往裡面丟麵包屑和雞蛋黃。

跟那些顏色亮麗的魚優美的姿態很不相稱的是，它們的腹下都帶著一條粗長的大便。魚的排泄物長達幾公分，當牠們游來游去時，大便也會隨之飄來飄去，然後脫落。脫落的排泄物隨著水流擺動，直到分解成小塊以前，大便始終會保持長條的狀態飄浮在水裡。

觀察魚缸，讓我想起了美人魚，美人魚也會像這些魚一樣帶著長長的排泄物嗎？唱著優美歌曲的美人魚，她的尾巴處真的會掛著一條像線一樣的大便嗎？雖然美人魚被貝殼遮擋住的胸部豐滿且有深深的乳溝，但一想到她尾巴上掛著一條粗長的大便，就再也不覺她性感了。

我與他人的「不同」，甚至讓我懷疑自己也許並非人類，我對自己感到陌生，不只是陌生，我甚至開始討厭自己了，我總是在想，為什麼偏偏是我呢？

有一天特別累，我回到家連衣服也沒換，直接癱坐在沙發上發起了呆。沒開的電視畫面裡映射出我的臉，我不想看到自己，於是開始四處尋找遙控器。

遙控器又不見了，如果家裡除了我還有另一個生命體的話，那就是遙控器了。冰箱、電視和音響都好好的待在原地，盡著自己身為物品的本分，唯獨遙控器不知道又亂跑到哪裡去了。沙發下面、抽屜裡面、浴室、鞋櫃，沒有它不去的地方，遙控器真是一個充滿了自由意識的生命體。

我躺在沙發上，伸出手指，喊了一句咒語。

「遙控器！」

當然，遙控器並沒有「嗖」的一下子跑進我的手裡。要是能發生這種事該有多好，既然是特殊能力，擁有實用的特殊能力就好了。就算是不及哈利波特，但如果能像地球上大多數的特殊能力者就好了，在連一根手指都懶得動的時候，如果能靠眼神移動物品該多好啊！若要我選擇一種最想擁有的能力，我一定會選瞬間移動，閉上眼睛瞬間移動到另一個空間的能力。我不是個貪心的人，就算擁有瞬間移動的能力，我也不會想去銀行的金庫或是女澡堂。我只是不想被困在交通高峰的馬路上，不管身在何處，如果閉上眼睛就能瞬間移動回家躺在沙發上就好了，瞬間移動要是能取代這種毫無用處的，可以看到別人背後數字的能力就好了。

突然有一天，我能看到背後的數字了，那會不會有一天突然又產生其他的能力呢？我走在路上，四下無人的時候，閉上眼睛集中注意力，我想像著家門前巷子的風景，路燈、一樓的大門和電梯的紋路，電梯上升，停止時發出「叮」的聲響，紅色的智慧型門鎖。我把注意力集中在客廳的三人用沙發上，當沙發的皮革氣味變得鮮明時，我睜開了眼睛，但我依舊還是站在馬路上。

因此我理所當然的會想，為什麼「偏偏」是這種能力呢？如果是這樣，倒不如讓我看到自己的數字呢！如果我能看到自己的數字，那又會怎樣呢？我會怎麼度過每一天？我的日常會澈底改變嗎？我的背後，即便看到了背後也看不到數字，這種讓我對生命失望的能力，還不如拿去餵狗。

能看見背後的數字後，我便再也不敢到人多的地方去了，我擔心在隱隱閃著的綠光裡，看到快要熄滅的紅光。當然，汽車也讓我感到害怕，但這畢竟是個沒有車難以生活的世界，所以我偶爾會開車、搭公車和坐計程車。上了車我會繫安全帶，但每次繫安全帶時我都會遲疑一下，這些為了安全、為了提高安全機率而做出的行為，會讓我感到更加不安。

出事以後，我回想過幾百次那起車禍，雖然想也無濟於事，但我還是無法控制自己不去回想。事實上，我一動不動的躺在床上時，能做的事情也就只有思考了。

事故發生當下，我的父母都有繫安全帶，但我沒有。沒有繫安全帶的我由於受到外部衝擊，飛到了很遠的地方。交通事故中，乘客被甩出車外時，死亡率高達二十五倍。但我的情況是，車內起火，我被甩出車外後，反倒撿回了一條命。我的父母因為繫了安全帶，所以被困在車底朝天的車內，他們在失去意識的狀態下，無法解開安全帶逃出車外。

如果我繫了安全帶，那我也會死在車上。以統計學來看，交通事故中沒有繫安全帶的死亡率高達三倍以上，占了整個交通事故死亡人數的百分之八十三。如果是這樣，那剩下的百分之十七呢？這也就表示他們雖然繫了安全帶，但也因為這樣而遭遇了不幸。

概率只不過是概率，對個人而言，所謂概率就是二分法的世界。我歸不歸在其中，是「○」還是「X」，二選一。被雷擊中的概率雖只有百萬分之一，但如果我被擊中的話，那個數字就沒有了意義。概率只以集體作為對象時才有用，然而站在個人的立場來看，概率一點意義也沒有。

就算是不繫安全帶，就算是酒後、疲勞駕駛或是橫躺在十二米車道上，該活下來的人還是會活下來，該死掉的人還是會死掉。話雖如此，但我還是會繫安全帶，因為我把希望寄託在概率上。如果不寄託在概率上，那剩下的就只有護身符了。

說到護身符，我想起了媽媽的「捕夢網」（Dreamcatcher），媽媽在車內後視鏡上掛著一個他們夫妻倆結伴旅行時，買回來的捕夢網。捕夢網是美洲印第安人的護身符，他們相信睡覺時把它掛在床頭可以過濾噩夢。

捕夢網常被拿來掛在門上或是車裡，用來當作過濾不吉利或邪惡的護身符。媽媽買回來的捕夢網是用柳樹做成圓盤，圓盤內用線編織成網，上面掛著老鷹的羽毛（真的是老鷹的羽毛嗎？）和水晶球，那東西從外觀看就像一個符咒。當時很流行捕夢網，我看到學校同系的女生，包包上也掛著跟捕夢網差不多的東西，不過她們的看起來更小巧可愛。

比起護身符，她們把捕夢網更看作是飾品，媽媽也和她們一樣。媽媽不去教會，但她會買十字架或念珠等聖物回來。媽媽掛在車上的捕夢網，不要說過濾不吉利和邪惡了，那東西最後跟車著一起燒毀了。

比起「特別的」存在，我更覺得自己是「奇怪的」存在，因此我盡可能地活得無聲無息。雖然沒有人對我指指點點，但我卻自己感到怯懦起來。搭電梯的時候，不是緊貼著一側站，就是低頭看手機，我會盡量避免撞到他人的視線。

我有經常光顧的洗衣店和幾乎每天都去的便利商店，但我只是去消費，不會跟人聊私人的事情。第一次遇到計程車司機問我有沒有女朋友時，我會覺得很莫名其妙。我不想被人了解，同時也不想去了解別人，但就算我不想了解，我也知道了太多他人的事情。說「太多」一點也不誇張，當我看到連名字都不知道的人的「Back Number」時，我就會變得目瞪口呆，就像是不經意看到他人的肌膚一樣感到抱歉難受。就算我有了長期光顧的店，但如果老闆過度熱情，我就不會再去了。我喜歡珉智媽，因為她只是做飯、收錢，不會跟我聊天。

我經常會去一間社區裡名叫「Sam」的咖啡店，這間咖啡店有夏威夷科納咖啡*，為了證明這是真的，店裡還會自豪地陳列著貼有夏威夷科納咖啡商標的咖啡豆。很多咖啡店都會賣自製的混合咖啡，但這裡可以選擇安提瓜、耶加雪菲等咖啡豆。這裡的咖啡不僅價格貴，而且店裡沒有咖啡以外的東西，像是加了鮮奶油或義式冰淇淋的鬆餅、冷藏蛋糕，就連剉冰和鮮果汁也沒有，因此店裡幾乎沒什麼客人。

如果咖啡店門外立著「當季特色紅豆冰」的廣告牌，我就不會走進去了，因為如果店裡

*註：科納咖啡（Kona coffee）是一種在夏威夷種植的阿拉比卡咖啡，是世上最昂貴的其中一種咖啡，而只有在科納區出產的咖啡，才可以冠上「科納咖啡」的名稱。

出售剉冰或鮮果汁的話，時不時就會傳來機器磨冰的雜音。比起咖啡本身，更注重周邊餐點的咖啡店裡，會坐滿同一所幼稚園孩子的媽媽，或是住在同一棟大樓的阿朱媽，她們會在咖啡店裡坐很久，而且不知疲倦地聊上相當長的時間。

他們總是有電話打進來，她們為了在一堆雜音裡講電話，就會不得不提高自己的嗓門，但講電話的內容都大同小異。

「快遞啊？我現在不在家，幫我放在警衛室可以嗎？」、「老師，我三點半會送孩子去坐補習班的車。」、「我能去哪兒？出來買菜啊！」等等。她們講電話的時候，總是會說只出來「一會兒」，但我覺得她們從來沒有只坐一會兒的時候。

因為受不了噪音，所以我幾乎嘗試了整個社區附近的咖啡店，最後才找到了「Sam」。首先，這不是一間連鎖咖啡店。其次，這家咖啡店位於人跡稀少的路邊，周圍也尚未形成商業區，而且店裡沒有主打的周邊餐點。總而言之，這家店具備了倒閉的所有條件，咖啡店的老闆應該學習了不少有關咖啡的知識，他對自己的咖啡店引以為傲。

我第一次去「Sam」的時候，點了夏威夷科納咖啡，老闆一聽露出了高興的神色。

「你喜歡喝夏威夷科納咖啡嗎？」

「嗯！算是吧……」

「那你很會喝咖啡啊！你知道嗎，夏威夷科納可是世界三大咖啡中的一種。」

「喔……這樣啊！」

「原來你不知道啊！韓國沒有幾間咖啡店有夏威夷科納咖啡的，就算有，也是等級不高的咖啡豆，我這裡用的可都是頂級的豆子，要想買到這種尺寸的豆子可不容易呢！」

我把頭扭了過去。

「我不懂品嘗咖啡，只是隨便喝喝而已。」

老闆流露出不知所措的表情轉身走開了，他向我表露善意，但我的反應卻很冷淡。雖然我覺得很對不起他，但如果任由他講下去，恐怕我會聽上幾個小時的咖啡課。而且我也不希望他記住我，如果有關咖啡的話題討論越來越深，他一定會記住我的。

雖然我討厭聽咖啡課，但卻很喜歡這裡的咖啡，喝一杯美味的咖啡，等於是一種休息和充電的方式。開工前喝一杯咖啡可以打起精神，同樣的，工作結束後喝一杯咖啡，就等於是休息了。轉換心情時也需要咖啡因，心情低落時為了安撫自己，所以需要喝一杯更好的咖啡。

住院期間，咖啡也成了一種安慰。

我很適應復健醫院的生活，但只有一點令我覺得不滿意，那就是醫院裡沒有咖啡店。雖然姨媽會買來咖啡專門店的咖啡，但她來的路上咖啡就涼了。而且如果讓姨媽帶咖啡來，就要沒完沒了的聽她講咖啡因對身體（特別是胃腸和骨頭）不好的影響。雖然姨媽很愛嘮叨，但我拜託她的事情她都會去做。

每個人想喝咖啡的時間點都不同，比如我會在「早上剛睜開眼睛的時候」，早上起來，一整夜絲毫不動的身體，每個關節都像生了鏽似的，空腹喝上一杯濃郁的咖啡，才會讓我覺得眼睛睜開了，身體柔軟了。下雨天，或是氣壓低快要下雨的時候，我都會渴望咖啡因。

每天在我想喝咖啡的那一刻能喝上一大杯熱咖啡的欲望，促使我在病房裡安置了一臺咖啡機。雖然我很想買一臺大型完美的咖啡機，但考慮到病房放置生活用品的空間，只好買了一臺小型廉價的半自動咖啡機，我還買了一臺小型的磨豆機。我考慮很久才在網路上購買了咖啡豆和搗棒，快遞把這些東西送到病房時，同房的老爺爺們便圍上來了。

「這是啥啊？」

「做咖啡的機器啊！」

「機器能做咖啡？那它是女服務生啊？」

「呵呵呵呵，它是女服務生，你牽一下它的手啊？」

為了慶祝自己可以喝上美味的咖啡，我誠心誠意地做了幾杯咖啡請同房的爺爺們喝，但大家的反應卻不怎麼好。

「這是什麼啊？太苦了。」

「你要說這要是藥，我還能喝，這是什麼咖啡啊？」

「我可以幫你們把味道再做淡些。」

我利用中配的咖啡豆加了很多水，做成清淡的美式咖啡給大家喝，但他們卻說這是鍋巴湯。哼！那就不要喝好了！

每天早晨，這間梯型的病房都會瀰漫開悠悠的咖啡香。我早上起來，吃早飯前喝一杯咖啡，下午會再喝一杯。身為整形外科專家的院長告訴我，拋開對心臟的壞影響不說，咖啡因對骨質也是一點好處沒有的（他和姨媽的見解相同，姨媽不輸給醫生的醫學知識再次令我感到震驚。）。但有一天，院長一臉疲憊的走進來，問我可不可以要杯咖啡喝，從那天以後他便再也不對我嘮叨了。

在醫院大家都叫我咖啡小子，同房的老爺爺這樣叫我，其他病房的老奶奶和送餐的阿朱媽也都跟著叫開了。同房的爺爺雖然不喜歡喝我做的咖啡，但當他們的子女或者朋友來看他們的時候，都會跟我點咖啡。

「你等著，我請你喝杯好喝的咖啡。喂！咖啡小子，給我做兩杯甜甜的咖啡。」

如果有客人來，我會多加糖漿，製作卡布奇諾或焦糖瑪奇朵。我沒有專門學過，所以奶泡經常打得很失敗，但是老爺爺們還是很喜歡擺架子招待客人。

「你喝過這種咖啡嗎？這可跟販賣機的咖啡不一樣，這種咖啡出去到咖啡店要賣五千元一杯呢！」

每當我看到最年輕的護士值夜班，坐在護理站打瞌睡時，都會送一杯咖啡過去給她們，隔天，她們也給我一些鮮奶油。我覺得院長也和我一樣喜歡喝咖啡，每次去見他時，我都會帶一杯咖啡過去。

聖誕節時，院長送給我一個手把是用原木做的高級搗棒。我的床鋪四周擺滿了各種咖啡豆、紙杯、塑膠杯、杯蓋和杯套，有時，我一天都在忙著給大家做咖啡。我覺得做咖啡很有意思，也考慮過出院後開家咖啡店，說不定我會開一家生意興隆的咖啡店呢！

那天，我帶著一本書去了「Sam」，不知為何店裡坐滿了人。平常白天去的時候幾乎只有我一個客人，但那天三張桌子都坐滿了人。最裡面的位子坐著一對中年男女，桌面上擺著一堆文件，看上去他們應該是在商談投資或是房屋仲介。隔著一張桌子，一個年輕的男人獨自坐在那裡用著筆記型電腦。靠窗邊的位子坐著一對年輕的情侶，他們各自看著自己的手機。大家背上都有數字，我對此假裝漠不關心。

我一邊喝著咖啡，一邊望著窗外的景色發呆，某一瞬間，我察覺到周圍的嘈雜，不是店裡的音樂和聊天聲音變大了，而是我感受到了某種微弱的晃動。我轉頭看向周圍，理財的中年男女、沉迷手機的年輕情侶，和那個使用筆記型電腦的年輕男人，都在埋頭做著自己的事情。但確實發生了什麼，是……什麼呢？

是紅色的光在一閃一閃，那對玩手機的年輕情侶的「Back Number」變成了紅色，如果那是淡綠色的話，也不會引起我的注意了。紅色數字發出的微弱光亮，好比是吵雜尖銳的噪音，那兩個人的背後都是紅色數字「1」。

出院以後，我還是第一次看到數字「1」，而且還是漸漸變弱的紅色。我的心跳加速，那兩個人究竟會在這裡經歷什麼事？他們不是躺在加護病房裡的病人，也不是要送去手術室搶救的患者，他們好好的坐在那裡，可為什麼背後會顯示紅色的數字「1」呢？此刻店裡將會發生什麼事吧？

我假裝要去廁所，站起來走過店內時，觀察了其他人的數字。中年男女和咖啡店的老闆都是五位數數字，使用筆記型電腦的男人背靠在椅子上，所以看不到他的數字。

「Back Number」，發著綠光的數字變成「1」的時候，會亮起紅色的光，接著開始一閃一閃的，此刻那兩個人已經到了當場死去也不會覺得奇怪的狀態。我感到提心吊膽，這間咖啡店馬上就會發生什麼事情，那對坐在那裡玩手機的情侶，會因為什麼事情而死去呢？瓦斯爆炸？還是電器短路發生火災？難不成是偷工減料的建築會坍塌？他們不是病死的，一定是意外事故導致的死亡，現在就在這裡因事故而死。

如果是這樣，那我呢？我會避過這次事故嗎？咖啡店老闆和中年男女還有很多數字，但我看不到的自己的「Back Number」，我的數字會不會也變成了紅色？我是不是要和那對年輕的情侶一起死在這裡？我走回座位，但卻坐立難安。我心想要盡快離開這裡，可店裡的人怎麼辦？我看著那對年輕的情侶，「喂！現在不是玩手機的時候啊！你們還有心情玩遊戲嗎？」

我猶豫地走向那對情侶，沉迷在遊戲中的男生沒有察覺到我的靠近，坐在對面的女生眼神充滿戒備的看了看我，她用桌子下面的腿踢了下男生。

「哥哥。」

男生看了眼女生，接著看向我，他的表情流露出血氣方剛的男生之間才會有的戒備與攻擊性。

「幹嘛？」

「那個……」

我在沒有任何準備的情況下走過來，所以變得張口結舌。我不能對他們說，雖然不知道會發生什麼事，但你們現在很危險，必須盡快離開這裡。場面太尷尬了，從男生講話的態度看來，可以看出他把我的靠近視為一種挑釁了。

「我問你要幹嘛？」

「啊！不是，我是有件事想告訴你們……，能不能先出去……」

年輕的男生站了起來，他坐著的時候倒沒看出來，等他站起來時才發現他長得虎背熊腰。

我腦子裡一片空白，什麼也想不起來了，我應該說些什麼，必須採取些行動才行，因為我明明知道眼前的這兩個人將要遭遇不幸。這不同於在醫院看到的病死和自然死亡，他們不是耗盡生命，而是在一瞬間滅亡的，而且還是兩條人命。

咖啡店老闆察覺出氣氛不對走了過來，那個對夏威夷科納咖啡充滿自傲的男人。

「怎麼了，發生什麼事了？」

年輕的男人不加掩飾地表達了不爽。

「我們坐在這裡，這個人無緣無故過來挑釁，他是這裡打工的嗎？」

「不是，他是我們店裡的常客。」

老闆輕聲的問我，低聲細語是他表達親切的方式。

「有什麼事你可以跟我說。」

「不！沒事。」

我搖了搖頭，我無法做出判斷，但不管怎樣都必須離開這裡，必須讓他們走出這家店，這裡太危險了。我看著咖啡店老闆，他完全不知道店裡將會發生什麼事。

「請問這裡是使用液化石油氣嗎？瓦斯桶和管線有沒有出現老化？」

老闆從我不安的表情看出了什麼，他看向廚房用鼻子聞了聞。

「有瓦斯味？沒有啊？」

「電器呢？店裡有火災噴水裝置嗎？」

「店裡已經做過消防安全檢查了，你是哪個部門派來的嗎？」

我又看了看那對年輕的情侶，他們的「Back Number」減弱的速度更快了，我感到束手無策，但卻不能袖手旁觀。

「必須離開這裡！」

店裡所有的人同時看向我，中年男女、年輕的情侶和使用筆記型電腦的男人，表情最難看的要屬咖啡店老闆了，他壓低聲音對我說。

「你這是怎麼了？」

我抓住老闆的胳膊。

「你快把大家趕出去，這裡很危險。」

老闆生氣的甩開了我的手。

「真是的！」

這時，傳來「嗒嗒嗒」拖拉椅子的聲響。原本看著我的客人，同時看向了傳出聲響的方向，使用筆記型電腦的男人站了起來，他慢慢地把電腦放進黑色的包裡，拿起放在桌子上的手機揣進口袋。雖然他在完成這些動作期間沒有看我一眼，但是他的動作卻流露出「都是因為你害我沒辦法做事」的不滿與抗議。咖啡店老闆看了看我，又看了看那個男人，不知該如何是好。

那個男人走出了咖啡店，當我看到他背影的瞬間，心一下沉了下去。他沒有……，他沒有數字，那件深灰色的外套背後什麼也沒有。我感到很混亂，這比在加護病房看到老奶奶背上的數字更讓我感到吃驚，那個人是怎麼回事？

我緊隨那個男人走了出去，只見他站在距離咖啡店十公尺遠左右的路口，等著號誌燈。我走到男人面前，不知道該如何開口。我想問他：「你是誰？」我跟在男人身後，忽然他轉過頭壓低聲音說道：

「你適可而止吧！」

「嗯？」

號誌變了，男人走過馬路，背後亮著數字的人群也都一起走過馬路，背後什麼也沒有的男人，摻雜在發著綠光的人群中。我呆呆地緊跟著男人，「必須跟住他！」雖然我的腦子裡響起了警報，但身體卻由不得我控制。男人在人群中若隱若現，「絕不能跟丟了！」我在信號改變以前，跑到了馬路對面。但那一瞬間，我停了下來，我突然想起了剛才咖啡店裡的那對年輕情侶。咖啡店沒事吧？我要不要回去看看？

就在這時，事故發生了。因為發生得太突然，我一時也沒有反應過來。有什麼東西「嗖」的一下從我眼前閃了過去，它帶著急速和巨響，是汽車，它沒有減速，直接衝了過去。人們發出慘叫聲閃躲開來，我剎那間明白了——咖啡店！雖然只是剎那，但我卻看不到咖啡店裡面，正面的玻璃窗前的那對情侶，依舊在玩著手機。我只能看到廚房裡正在擦著杯子的老闆的上半身，顯然那裡在我離開以後又恢復了平靜，但平靜沒有持續多久，那輛車朝著坐在窗邊的情侶衝了過去。

一聲巨響……，恐怖源自聲音，比起視覺，聽覺更能刺激人們的恐懼感。我出車禍時，沒有聽到任何聲音，因此沒有任何記憶，也沒有任何感覺，疼痛、恐怖和絕望都是在醫院醒來後才有所察覺的。

車輛衝向咖啡店的瞬間，我立刻閉上了眼睛，但卻沒來得及摀耳朵。汽車輪胎的爆破音，玻璃和其他物體擊碎的聲音，人們發出如同野獸般哭喊的聲音，我雖然沒有目睹到整個過程，但那些聲音卻給我帶來了真實的視覺效果。

「原來是這麼回事啊！」

坐在窗邊玩遊戲的情侶，他們做夢也不會想到，這就是自己人生最後一幕。說不定此刻他們正在思考著晚餐吃什麼，他們人生裡發生的最後一件事，是和陌生的男子發生爭執。

我搖晃著身體，感覺快要暈過去了，我抓住身旁的號誌燈欄杆，彎下腰嘔吐了起來。剛剛在咖啡店喝下的咖啡、唾液以及胃液翻湧了出來。

一陣嘔吐後，我直起腰，一隻眼睛流出了一行淚。

我知道的，

我事先知道的，

但我卻束手無策。

#

我生病了，連續三天沒有去上班。哭也是一件需要體力的事情，哭出聲音，哭得肩膀顫抖。我哭得喉嚨和肩膀痛，哭到最後累垮了自己，滴水不進一直這樣哭。

我知道人終將一死，而且我總是直視著死亡，所以我覺得自己變成了極為冷漠的性格。冷淡且輕浮，如果太認真的話，是無法承受這一切的。可是當我看到生命突然在眼前滅亡時，所感受到的衝擊也是不小的，這比我在醫院醒來後得知父母身亡的打擊還要大。

因為這件事讓我更加肯定了自己也有「Back Number」，我無法確認自己背後的數字，那種「無法確認」的恐懼是如此真實。在醫院看到的「1」是與我毫無關的某個人的「1」，但在事故現場看到的「1」，卻因為無法肯定自己的命運是否與他們相連，而讓我感到了窒息的恐懼感。我的背部熱得發燙，那裡像是有什麼炙熱的東西，又像是有令人厭惡的東西在爬行。我感到害怕，我害怕那個身著灰色上衣的男人，那個男人究竟是誰？為什麼他會出現在那裡？為什麼他沒有「Back Number」呢？

因為害怕和孤單，我不停地哭著。雖然哭也解決不了問題，但我的眼淚卻一直停不下來，所以我也沒有克制自己不去哭，這就像睏了自然會睡覺一樣。

到了第三天下午，我才從床上爬起來。總不能哭著等死吧！雖然早晚都是一死，但至少現在還活著，所以我決定起來吃點東西，生病期間忘記的冷漠、冷淡和輕浮又找回來了。

我覺得自己根本沒有力氣可以從床上爬起來走到醫院，但現在我可以依靠的人只有自己，我說服自己：「沒事的，只要到醫院去打一針就會好起來的。去醫院回來，才能吃東西啊！不吃不喝就這麼躺著，搞不好會死人的。」

於是我慢慢地、小心翼翼地行動，我感到頭疼得厲害，每邁出一步都會覺得噁心想吐。儘管如此，我還是慢悠悠的走到家門前的醫院，打了一針以後，覺得不那麼噁心，感覺也好些了。

回家的路上，我來到粥店，雖然店裡有鮑魚粥、蔬菜粥、白蛤蠣粥和章魚粥，但卻沒有我想要的白粥。生病的時候應該喝碗白粥，那種有很多熱湯、冒著熱氣的白粥，用湯匙沾些醬油滴在白粥上，然後一點點吃下，好讓白粥溫柔的包圍泛紅疼痛的腸胃。就像在傷口上塗抹藥膏一樣，在腸胃裡塗抹上白粥，可以讓身體舒服些。我不是不會煮白粥，只是現在我連根手指都懶得動。

我來到珉智家，就是那家早上吃豆飯的餐廳。我從玻璃門看進去，只見有兩桌客人，珉智媽正在廚房裡忙碌著。我在門外探頭探腦看了半天，然後離開了。我這是想去撒嬌嗎？想到這自己噗哧笑了出來。我難不成是想去人家營業的餐廳，跟阿朱媽訴苦說自己生病了，請她給我煮碗白粥喝？

接著我來到便利商店，找到了速食白粥，真是需求決定供給，獨居的人也有生病的時候，因此大企業不可能忽視掉這一消費群體。我對這些抓住空隙市場的工業製品心存感激，恨不得向他們鞠上一躬。

回到家後，我把電視頻道轉到《生生情報通》，然後端著放著粥碗的托盤坐到電視前。

我在家的時候都會開著電視，這也是住院期間養成的習慣。

病房裡全天都會響著電視聲，雖然大家都不看，但還是會開著電視。因為在病房裡沒有私生活，就算拉上簾子也還是會聽到聲音，不僅可以聽到病人和家屬的對話，還會聽到吃東西和排泄的聲音。因此電視的聲音可以自然而然的遮掩住這些令人難以為情的聲音，只有開著電視，才能更容易的假裝不知道隔壁病床在做的事情（事實上，不可能不知道）。

在復健醫院的病房，唯一的娛樂也是看電視，跟平均年齡將近八十歲的室友住在一起，我的觀看品味也鎖定在老年層。「死守直播」的節目有《生生情報通》和《瞬間捕捉，世界有奇事》，還有認女兒、親兄妹輪番登場，哭哭啼啼、動不動就打反派角色巴掌的連續劇。

但十點以後，就算是有趣的節目也無法收看，因為老人在晚間新聞的時候就已經開始打瞌睡了，十點一到就成了深夜，連休息室也空無一人了。我就像新時代的孩子一樣，到了十點，關電視、熄燈睡覺。出院後，雖然自己一個人生活了很長一段時間，但我依然透過收看《生生情報通》來了解外面新鮮的情報。

我正喝著白粥來安撫餓了三天的腸胃，突然察覺到有人按了門鈴，對講機一亮，一個人影出現了。

幾乎沒有人會來我家，我連快遞都請警衛室代收。可儘管如此，還是會來按門鈴的人，也只有那些盲目相信救贖、跑來傳教的阿朱媽了，為此我把門鈴改成了靜音模式。如果澈底關掉門鈴的電源，就無法確認來訪者了，所以我才設置成了靜音。

男人一看門鈴不響，便直接敲起了門。透過畫面，我看到一個中年男人，從他的表情推測，應該是因為層間噪音而來的。但這是不可能的，因為我沒有在家裡使用運動器材，也沒有養狗。雖然不知道他為何而來，但肯定不是好事，我先假裝家裡沒人。我盯著對講機畫面，只見男人舉起一隻手，像是知道我在看他一樣。

「喂！我知道裡面有人，少裝蒜了。」

但我是個謹慎的人，我明知到處都潛伏著死亡，怎麼可能不謹慎小心呢！我拿起對講機話筒：

「您是哪位？」

「你就是李元永？」

「……是的，你有什麼事嗎？」

「先開門再說。」

我拿著話筒，沉默了一會兒。首先，我感到心情很糟，雖然他看起來比我年紀大，但初次見面怎麼可以這麼沒有禮貌。其次，我感到很不安，他怎麼會知道我的名字？也沒說明為什麼事而來就「先」叫我開門。最後是我很疲憊，我現在不是能與人交談的狀態，我餓了整整三天，這才剛吃點東西。早知如此，還不如一直假裝家裡沒人呢！我後悔莫及不該接起對講機的。

「我叫你先開門。」

這種態度的訪客，只會提高我的警惕指數。我是任何時候都無法釋懷事故、疾病、危險和死亡的人，誰又能確保萬一我開了門，那個男人不會變成強盜？因此我決定不開門、不予理睬，如果他再無理取鬧下去，我就去叫保全人員來。

我掛掉對講機，走回電視機前，接著喝起粥來。男人又按了門鈴，對講機暗掉的畫面再次出現了男人的身影，我一邊喝著粥，一邊盯著對講機畫面。

男人等了一會兒，面帶不解的從上衣口袋取出香菸，他這是打算跟我硬碰硬，男人取出一根菸叼在嘴裡。這大叔真過分，大樓裡禁止吸菸，況且這還是在我家門口。我怒火中燒，大步走到門口粗魯地推開門，一直掛在門上的掛鉤攔在那裡，門只開了十五公分左右的縫。

「喂！你要是再這樣……」

但後面那句「我就報警」被我吞進了嘴裡，我不得不這樣做的原因是，那個男人……，沒有應該有的東西。

我看到側轉著身體正在吞雲吐霧的男人的背影，沒有數字，他沒有「Back Number」，他的背上沒有發著微弱綠光的數字。我只看到他疲乏無力的背，我想起了在咖啡店用電腦的男人，那個背後沒有數字的男人離開後，咖啡店才出了事。難道這個男人是他？不對，他比那個男人看起來年紀更大，而且更胖。

男人轉過身來，衝著我的臉吐出一口長長的白煙，他把菸頭丟在地上用皮鞋踩滅。

我解開掛鉤打開門，男人就像進自己家一樣走了進來，我撿起菸頭，緊隨其後走進家門。我再次仔細觀察了他的背，但還是沒有看到「Back Number」。

男人一屁股坐在位於客廳的圓形沙發上，那是飽和度很高的紅色懶骨頭沙發，那是家裡裝修的重點。

「有什麼喝的，綠茶或者咖啡？」

家裡沒有綠茶，雖然有咖啡，但也是咖啡豆。為了這個男人，去用磨豆機把豆子磨成粉再做成咖啡，這一系列的過程讓我覺得很麻煩，我在玻璃杯裡倒滿水拿給他。

「你是警察嗎？」

當然，他看起來一點也不像警察。男人穿著西裝，打著那種早就過了流行的窄款圓點花紋的領帶，領帶上還別著領帶夾，整體來看總覺得哪裡不對稱。雖然他有在意穿著打扮，但卻是那種典型不會穿衣服的人，西裝褲應該穿了很長一段時間，布料磨得已經有些光亮，衣服燙過的摺痕也都沒有了。我之所以問他是不是警察，是因為他走進別人家時表現出的理直氣壯且厚臉皮的態度，以及一臉疲憊的表情，電影裡出現的警察大部分都是像他這個模樣。

「我看起來像警察？」

「說實話，不像。」

「是哦？那就好，要是看起來像警察那就麻煩了，因為會引起別人的關注，盡量不要惹人注意才好。」

我真想告訴他：「你現在就很引人注意，因為你的穿著太土氣，所以才會引人注意。」

男人又拿出了香菸，我流露出厭惡的表情。

「禁止吸菸。」

「知道了，我就叼在嘴裡。」

男人把煙叼在嘴邊，他是那種如果不在嘴裡叼著什麼，就會感到不安的人？聽說口慾期如果沒有被滿足才會這樣。

「你很好奇我是誰吧？」

「我才沒有，你找我有什麼事。」

「怎麼會不好奇呢？」

男人把眼睛瞇成一條縫看著我。

「那你為什麼開門？你為什麼會給初次見面的人開門啊？對陌生人抱持警戒不是你的習慣嗎？」

我沒有回答。

「看來你是能看見啊?」

「什麼?」

「我說你能看見,是吧?」

雖然我想回答他「我又不是瞎子」,但我什麼也沒說,因為他看起來一點也不像是來開玩笑的人。

我感到膝蓋在顫抖,於是趕快坐了下來,我看了看吃到一半的粥,感到疲累至極。男人沒有理睬我,他把視線固定在電視畫面上,電視上一隻章魚纏住了女記者的手。

#

「像你這種人,我們會叫做『視者』。」男人開口說道。

像我這種人?視者,我是視者。準確地講,應該是被動可以看見的人,因為那不是我的意志可以決定的事,人類的壽命,那種東西我做夢都不想看到。

「李代理跟我說了你的事,真糟糕,該來的還是來了。至今為止,我們這一區還沒有出現過『視者』，現在冒出你這號人物，可真夠讓人傷腦筋的。我看了提交上來的報告，你還是個愛管閒事的性格啊？」

我嗎？怎麼會？

「你說店裡危險，大喊讓大家出去？李代理可都告訴我了，對了，你認識李代理吧？上次不是見過一面了嗎？」

李代理……，看來我在咖啡店遇見的那個用筆電的男人就是李代理。

「李代理現在澈底嚇傻了，這種情況是手冊裡沒有的，加上他最近業績又不好。其實，他是迫於月底要結算，所以才匆忙趕到那間咖啡店的。」

我根本聽不懂他在講什麼，這個男人知道我可以看到背後的數字，所以才找上門來，而且他也知道咖啡店裡發生的事。他怎麼會知道我住在這裡？為什麼他沒有「Back Number」？這個人究竟是誰？

「那怎麼稱呼你這種人？」

「嗯？」

「像你這種人，那個……什麼來的？視者看不到的人。」

男人不聲不響的看著我，比起不知所措，他更像是感到很為難。看來他很少有機會介紹自己，又或者是覺得，說了我也不會明白。說不定，這個問題本身對他來講就很陌生。

#

登門造訪的這個男人是死神。死神？陰間使者？我不知道應該怎麼解釋。

男人開口說道：「要是有名片，我就給你了。」

雖然不確定該怎麼稱呼他，但可以確定的是，他的工作。男人會把人們帶走，去哪裡？當然是彼岸囉！他不會致人於死地，他只是引導人們。因為已故的人也是生平第一次死掉，所以會不知所措，男人充當嚮導，在陌生的狀況下妥善的給予人們幫助。

我再次打量了他一番，不好也不壞的面相，不白也不黑的皮膚，看起來不算結實也不算虛弱的體型，雙眼皮也若有似無，他是個沒有什麼特徵的人。要是他犯了法，僅憑目擊者提供的證詞，都很難畫出模擬圖像。

「他是雙眼皮嗎？」「不確定……」「嘴唇厚嗎？」「算是普通吧！」「鼻子大嗎？」「不大也不小。」「眉毛濃密嗎？」「眉毛？沒有印象……」這就是他的長相了。一句話，他長得太平凡了。

我打量著他的穿著，不禁失笑，陰間使者不是應該戴著黑紗帽，穿著長袍，畫著發紫的嘴唇嗎？如果這種打扮太復古的話，不如披一件從頭到腳的黑披風，然後從披風間露出死神冷冰的眼神。電影裡不是都這種造型嗎？

總之，如果是死神這種特殊的身分，至少應該打扮得特別些吧！比如，沒有一點皺紋的西裝，颱風也吹不毀的髮型，昂貴的手錶和皮鞋，裝著祕密的皮質文件夾，就像殺手、間諜、外星人或穿越者那樣。但像他這樣穿著邋遢的西裝，戴著完全不搭配的領帶，和一隻完全無法稱之為時尚配件的手錶，怎麼可能是死神。他更像是地鐵裡賣削栗子刀的小商販，或是地方的公務員，哪裡像死神啊！

「我們的任務是負責運送，死了總要運走吧！啊！說運送有點像快遞了，應該說引導，這麼說又有點像宗教……，對了，應該說帶路才對，「請往這邊走」、「請跟我來」。人一死都會不知所措，很多人都會發愣，站在那裡看著自己。我們的工作講究時機，錯過時機的話，那些徘徊不定的死人就會回去，起死回生，不僅我們覺得荒唐，他們也會嚇得半死，你說是不是？」

男人把送人去彼岸的事情說成「工作」，我想起了在鬼門關躊躇的情景，那裡有光、有水流動的聲音，我漫無目的地一直走著，沒錯，我看到有人站在那裡，難道是這個男人？

「每天都要核對人數，要是拖延一次，等到了月底可就麻煩了。但我們這區算是工作量少的了，因為這個國家很少有自然災害。像是地震、海嘯那種大規模的工作，有特別小組負責，他們要是接到工作，少說也要負責好幾萬人，我們這種只是賺一天過一天。」

簡單來講，男人的工作就是毫無差池的做好引導工作。提到「工作」的同時，男人也提到了業績，所謂業績，與引導的人數無關，要看的是「有無差錯」。要死的人必須在指定的時間死去，這樣才不會出現差錯。

據男人所說，最應該提高警覺的地方，是可以做心肺復甦術和各種搶救工作的急救室與加護病房。既然是要死了的人，又或者是幾乎要嚥氣的人了，還要在他們身上「有洞的地方插管子」，簡直就是白費工夫。

「你知道現在的人為了不死有多努力嗎？每個人都像在為了不死而活著一樣，一覺醒來，不是開發出了新的藥，就是提取細胞做了什麼研究。總之，最近我們也很辛苦，所以說……」

男人拿著沒有點燃的菸，用有濾嘴的一頭在桌面上敲了兩下。他一會兒把菸叼在嘴上，一會兒又拿在手上擺動，動作十分熟練。

「你這種人最糟糕。」

我莫名感到很傷感，但從另一種角度也不得不同意他的說法。如果我想盡辦法把咖啡店的那對情侶趕出去，站在他們的立場來看，我的存在就是「差錯」本身，但我成為「最糟糕的存在」也不是我的責任，我可一點也不想變成這樣。

「我這種人……，我為什麼會成為像我這種人啊？」

我自己都覺得這問題很白癡，發問的表情也一定很白癡。男人一臉同情的看著我。

「我也不知道。」

這回答真是夠簡單的。

「我們也跟你一樣感到納悶，有些人生來就是視者，也有些人像你一樣，活得好好的突然就變成了視者。」

有人生來就是視者，也有人變成視者……，我是這一區第一個出現的視者……，我精神為之一振，我怎麼沒想到這些呢？我不是唯一的「視者」，還有其他視者的存在。我因為不明的原因（雖然我自己推測是因為心臟停止，經歷了死而復生的體驗），可以看到人們背後的數字，因此也一定有人因為其他的理由，可以看到背後的數字。

也許那些人也和我一樣，經歷了心臟停止，很多人都經歷過瀕死體驗。世上有很多人擁有與他人不同的力量，比如有人會使用念力，有人能透過物品看到過去的記憶，既然是這樣的話，存在能飛上天的人或者透明人也就不覺得奇怪了。

仔細想想，這是很理所當然的事情，我們每個人都會經歷死亡，我們都朝著終點努力地、持續地、不斷地走著。每個人都對此心知肚明，但只是在迴避這件事實罷了。

我們甚至忘記了自己知道這個事實，但也有人無法忘記，因為他們可以看到那個時間點，所以無法忘記。從某些方面來看，這其實也算不上什麼，如果知道人類生來必死的話，那知道那個死亡的時間點又算得了什麼呢！

我為什麼會認為世上只有自己知道這件事呢？為什麼我沒有想到去尋找跟我一樣可以看到數字的人呢？為什麼不去問對方能不能看到我的「Back Number」呢？這世界上那麼多的人之中，誰會是視者呢？

我坐在椅子上轉過身背對著男人，他立刻明白了我的用意。

「我們看不見啦！」

真叫人失望。

「那你們怎麼知道？那個……要引導的對象？」

「因為有名單啊！」

「每天都會更新？」

「當然了。」

視者可以看到人們所剩的壽命，而死神只能知道將死的人。死神會在數字是「1」的人附近徘徊，等到光亮熄滅，他們便會抓住時機上前引導死者。此時，如果視者介入的話，事情就會被搞砸。

死神來找我也正是因為這個原因，他希望我不要介入。

「你該不會到處跟人說了有關數字的事情吧？」

我沒有，我不是不想說，而是不能說。不！我是還沒做出決定該不該說出去。

生命的誕生有它的預期，根據預產期做好生產準備，幾年後上學，幾年後結婚……人的一生基本都有預期，有了預期才有時間準備。如果死亡也有預期會怎樣呢？那會成為一種祝福嗎？活著的時候努力生活，死期將至之時，來做一下準備不好嗎？

「你還真是夠天真的。」

男人斷然否定了我。

「人類可沒你想像的那麼美好，努力活了一輩子，然後準備死亡？人類要是知道了自己的死期，活著的時候就會為所欲為，因為反正死期到來之前都不會死掉。等到死期將至的時候，人類又會為了不想死用盡各種辦法。」

會那樣嗎？也有可能。

即使告訴過對我實施心肺復甦術的張醫師，他也只是把我視為腦袋有問題而已。然而我並沒有告訴姨媽，沒有告訴允智或賢珠，也沒有告訴島梅或周圍任何人關於「Back Number」的事情，因為我不知該怎麼開口。雖然我也擔心他們「不會相信」，但另一方面是因為我也不能肯定那是祝福還是詛咒。

我之所以能堅持活到現在，也是因為不知道自己的「Back Number」，如果我能看見自己的數字，我會不會瘋掉呢？在咖啡店看到別人背後漸漸減弱的數字時，我有多為自己的生死擔心。

男人警告我不要多管閒事，不要把這項特異功能說出去，不要去看，就算看見了，也要裝作沒看見。

「你最好放棄想嘗試做些什麼的想法，反正該死的人就是會死，該活下來的人還是會活下來，該發生的事情終究會發生。」

真的嗎？

「我們只是在預定好的時間帶走預定好的人罷了，預定的日子也不是我們訂的，你也不要來問我。這世上的事，按照預定的去進行才是最完美的，要是哪裡出了差錯，那事情可就變得相當複雜了。」

男人（他說自己是朴部長）再三的警告我，如果下次再遇見李代理，要裝作不認識。還有，如果再看到背後數字是「1」的時候，千萬不要再多管閒事。

講完這些後，他便離開了。

09

下雨的時候，我會覺得全身痠痛，說我像老人也不過分。

只要是陰天，氣壓就會降低，關節的壓力相對就會增加。該怎麼形容呢？我會有一種骨頭縮緊了的感覺。我這隻離破碎的大腿骨，一塊塊的用螺絲固定在鐵板上，主治醫師和我都懷著希望，希望骨頭與骨頭之間流出天然的膠水，好讓骨頭之間黏合在一起。

然而每當陰天時，關節內的氣壓一上升，骨頭就會感受到壓力，我的理解是，骨頭收縮的同時，外部的力量也在用力伸展骨骼，所以才會出現疼痛。如果疼痛的時間持續過久，會讓人開始思考為什麼會痛，是什麼原理導致的症狀。

「啊哈！原來是這樣，難怪會痛！」如果理解了這些，忍受疼痛也會變得容易些。找出疼痛的理由並放棄掙扎，這樣心裡也會舒服些的。究竟是為什麼？怎麼回事？如果一直被這些問題困擾，只會讓身心困在地獄。

身體不舒服，下雨天自然不想出門，這和大腿沒有固定四十八根螺絲的人討厭出門是一樣的。但下雨的時候，打電話來的人會格外多，而我又不能因為下雨就不去工作。因為缺人手，所以老闆拒絕了幾個送餐電話，最後分配了一個帶雨傘去學校接孩子的工作給我。

校門前打著雨傘來接孩子的媽媽熙熙攘攘，孩子們一窩蜂地出來後，媽媽開始高喊自己孩子的名字，我站在她們當中被吵得靈魂都要出竅了。為了找到四年一班穿著深灰色外套、背上畫有星星圖案的孩子，我必須打起精神來。我瞪大眼睛，雙腿用力站穩好，不讓擁擠上前的媽媽推開，但我卻沒有看到星星圖案的外套。我忙著閃躲開互相打鬧、揮舞著鞋袋和雨傘的孩子，孩子們如同蝗蟲群一般經過後，我看到雨中一個戴著帽子、邁著沉重步伐的孩子，他背後有星星的圖案，我朝孩子跑了過去。（糟糕，只跑了二、三公尺腿就痠疼了起來。）

我把雨傘朝孩子的方向伸過去。

「你就是勝鍾吧？」

孩子用充滿戒備的眼神看著我，就小學四年級而言，他的身材很矮小。

「媽媽打電話給你了吧？她讓我接你回家，然後換個書包再去補習班。」

「嗯！」

孩子簡短的應了一聲，然後一語不發的走掉了。他沒有配合撐傘人的步伐，所以我只好緊跟上他，把傘往他那邊傾過去。孩子或許是因為陌生人感到不自在，總是越走離我越遠，他一側肩膀都淋濕了，我收了錢的代價是不讓孩子淋雨，所以無法不在意他。

身為「第一印象有好感」的員工，我覺得這也是我的競爭優勢，但第一次見面的小孩卻總是避開我，這讓我感到很為難。我一邊覺得「真是難搞的小傢伙」，一邊盡量緊跟著他，這種不輕鬆的感覺只是因為孩子生硬的態度嗎？我突然注意到孩子的背，外套後面畫著一顆金色的大星星，上面亮著綠光的數字。

如果是這個年齡的孩子，平均都會有五位數。很多孩子都是五位數的數字，但這個孩子是三位數，三位數……只剩下不到三年的時間。現在他四年級，連國中都可能讀不到？雖然我克制著自己，但還是無法不斜眼偷看一下他的臉，那張倔強緊閉的小嘴，再多問他一句都會生氣的表情。

十三樓，孩子按下玄關門的密碼，他為了提防我，努力用瘦小的身體擋著密碼鎖。這種態度很好，在外工作的父母，肯定喋喋不休的對獨自回家的孩子千叮嚀萬囑咐，按密碼的時候不能被人看到，不要幫陌生人開門，但也有像今天這樣把陌生人帶到自己家的時候。

走進孩子家，滿牆都是他的照片，孩子從小畫的畫和在學校獲得的獎狀，都裱在相框裡掛了起來。冰箱上還貼著「書樹」貼紙，每讀完一本書就在上面貼一張果實圖案的貼紙。這是為了孩子而存在的家，這是擔心從學校到家的這十分鐘，孩子會被雨淋濕的母親布置的家。餐桌上放著為孩子準備的零食，他站在餐桌旁，一邊吃著長崎蛋糕，一邊快速地在筆記本上寫著英語單詞。

「坐下來吃吧！」

「這個要快點寫完。」

寫作業的速度跟站著或坐著毫無關係，但孩子還是堅持一邊站著寫作業，一邊吃蛋糕。我環視著他獲得的英語會話、數學競賽等獎狀，誇獎他是個聰明的孩子，但他卻一點反應也沒有。不停看著錶吃東西的孩子，把書包丟在一旁，跟著拿起英語補習班的書包，書包看起來很重。

孩子一聲不響的走出家門，我也趕忙跟著他走了出去，英語補習班的車已經開到社區門口了，我幫他打傘一起等補習班的車。

「去完補習班，幾點回家？」

「英語補習班結束，還要去數學補習班。」

「哦？這樣子啊！」

「回家後還要學小提琴，今天老師會到家裡來。」

孩子沉默片刻後接著說。

「啊……，原來如此。」

孩子低頭看著自己的腳尖，雨水一滴滴濺在了他的運動鞋上。孩子小聲嘟囔著。

「唉！討厭……」

我假裝沒聽見，迅速轉移了視線。我又不是小提琴老師，怎麼看起了他的臉色。

「你不喜歡學小提琴？」

「嗯！非常討厭。」

孩子語氣強硬的說。

我不知道該說什麼了，雖然當下最適合回說：「不喜歡就不要學嘛！」但他也有不得已的理由，如果能不學他早就放棄了。世上的事都有各自的理由，孩子解釋了他不得不學小提琴的「理由」。

「因為我要去國際中學讀書。」

雖說讀國際中學和小提琴看似並無關聯，但如果有人覺得有關，就有學習的必要性，而那個人就是孩子的媽媽。

補習班的車來了，我為了不讓孩子淋到雨，一直撐著傘把他送上車。我忽然意識到等車開走後，孩子還是沒有傘。剛才從家裡出來的時候應該幫他帶把傘的，上完課如果雨停了倒還好，萬一雨一直下的話，孩子還是會淋到雨。如果是那樣，他媽媽不就白花錢利用服務了？我敲了幾下正準備開走的巴士請它停下。

「勝鍾啊！」

我把傘給了孩子，雖然那把傘對他來說又大又重，但也沒辦法，現在他手上的書包對他來講也是很重的。放學剛到家就要一邊站著吃東西一邊寫作業，然後去學英語、學數學，最後還要學小提琴，對他來講這一天的行程也很難消化。更何況這個孩子是去不了國際中學的，因為他活不到那一天。

我淋著雨回到家，雙腿感到痠痛。

這太叫人難過了，我沒能對孩子講，不要去補習班了，從現在起享受每一天吧！下雨的時候，去跟朋友踩水坑，比誰雨水濺得最高，非常討厭的小提琴也丟掉好了……，我想到被雨水濺到的孩子的運動鞋。

大人們相信孩子就是未來，深信不疑的未來。未來擁有驚人的力量，它可以讓現在的一切服從於自己。為了往後的日子，心甘情願的獻出現在所擁有的時間、金錢和能量，甚至連現有的幸福也心甘情願地推遲掉。

我在復健醫院和老人一起生活了四年，那裡有擁有兩位數或三位數的人，他們讓我覺得「活著是因為死不掉」。老人為了活而活著，他們毫不關心人生的價值。生物需要的是進食、睡眠和排泄，因此病人、家屬和醫護人員只會把精力集中在這三件事上。

如果病人無法進食便會採取措施，不能咀嚼時會換成流食，不能下嚥的話就從鼻孔插進管子供給流食，也有直接把管子送進胃裡供給營養的情況。如果病人無法排尿，就插入導尿管誘導尿液流出，排便也是如此，醫護人員會給病人配戴排便袋。這樣的人生與人生價值毫無關係，只是為了延長壽命而活著。

進食、睡眠和排泄，這生活中的全部對孩子來講也是一樣的，孩子也是為了生存而度過每一天。但老人是醜陋的，孩子卻是可愛的。為了生存，孩子的鬥爭是了不起的、優秀的，因為孩子擁有未來，那正是未來所擁有的力量。

孩子聚精會神地走在路上，他們連路邊盛開的花也不看一眼，更不會坐在樹蔭下休息，他們連吹來的微風也感受不到，他們只顧埋頭向前走。就這樣，在沒有任何預告的情況下，突然走到了盡頭，沒有人告訴孩子路也有走到盡頭的時候，連我自己也沒能說出這句話。

#

我到珉智家吃早餐，沒有客人的大廳裡，珉智媽正和孩子一起做著數學題。我心想，那孩子應該就是珉智吧！可能是聽過幾次屋裡傳出的講話聲，看到珉智讓我覺得很親切。

我剛走進餐廳，珉智媽便起身進廚房準備早飯去了，她衝著孩子說。

「我出來以前要做完兩頁喔！」

珉智開始一個人孤軍奮戰了起來，看來那孩子還不太會用鉛筆，他像握拳頭似的緊握著鉛筆。我一邊等著早飯，一邊斜眼看過去，孩子正在算減法。他煞費苦心似的緊皺著眉頭，像是被哪道題難住了，自己還小聲嘆起氣來。我好奇的看了眼他在做哪道題，只見珉智咯吱咯吱地咬起了鉛筆，筆上已經留下很多牙印了，筆尾也被他咬扁了。珉智寫好答案，然後用橡皮擦擦掉，再寫出另一個答案後又擦掉了。根本不用那麼用力，但他還是卯足了勁，握著鉛筆一筆一畫的寫著，然後再拚了命似的擦來擦去。結果，課本被擦破了。

「啊！」

我被他嚇了一跳，他洩了氣一下子趴在了桌子上。以他這種狀態，媽媽出來前怎麼可能做完兩頁題目，不知為什麼我在為他擔心，我壓低聲音告訴了他答案。

「十四。」

孩子趴在桌子上看著我，表情在問：「嗯？」

我留意著廚房，沒有出聲，用嘴型又說了一遍答案。

「十四。」

珉智迅速爬起來，把橡皮擦撕裂的紙鋪平，然後在上面寫下「十四」。

到了下一道題，孩子又看向我。

「十九。」

他聽得真夠準確的，珉智用鉛筆指著問題看著我，我看過去再用嘴型告訴他答案，他高興極了。珉智媽端著飯菜從廚房走了出來，我和珉智立刻轉過頭，假裝什麼事也沒有。珉智媽把裝著小菜的碟子一一擺在餐桌上的時候，珉智趴在課本上假裝在思考。珉智媽幫我準備好飯菜後，轉身走到他身邊看了看課本。

「快點準備去上學了。」

珉智媽前腳才剛走開，孩子又看了過來，因為我要注意走來走去的珉智媽，所以稍稍遲疑了一下。誰知那孩子一邊盯著我，一邊用鉛筆在課本上敲了兩下催促起我來。這個小無賴。我狼吞虎嚥的吃完了早飯，我又要吃飯又要用嘴巴和手比劃答案，還要留意珉智媽，吃了什麼都不記得了。珉智做完兩頁題後，得意洋洋的喊道：

「媽，我都寫好了！」

「真棒，快去整理書包。」

孩子開心地跑回了屋裡。那個表揚其實是我的啦！一早上聽到有人表揚，心情真不賴。

#

我跟賢珠見了面，那次吃完辣雞爪接吻後，我們便常常約見面，也就是說我們在交往。賢珠比我大八歲，但她不喜歡我叫她姊姊，所以我都直接叫她賢珠，但她還是會瞪大眼睛，最後我們達成協議，稱呼彼此「親愛的」。

賢珠不介意我在手機上用「賢珠」儲存她的號碼，但她會要求在名字後面加顆心。人們對稱號非常敏感，因為稱號決定了存在與關係，所以不能只寫賢珠，而要寫「賢珠♡」。我的名字在她手機裡是「10」，這表示元永的「one」和「zero」*，因為通訊錄排序時，數字在字母前面，所以打開通訊錄時，我的名字會出現在最前面，這讓賢珠感到心滿意足。

賢珠是私人健身教練，她跟家教一樣，是定期到會員家裡教人運動的家教健身教練。賢珠沒有贅肉的身材十分緊實，細腰、長腿加上手術後豐滿的胸部，她的體力也很好，面對走幾步就說腿疼的我，賢珠覺得很無語。

「要不要我背你啊？」

每當我腿痠需要休息時，賢珠都會這樣跟我開玩笑。我跟她解釋說自己之前出過車禍，

*註：이원영李元永，韓文「元」（원）和英文「one」發音相同，而「永」（영）的韓文有數字「零」的意思。

雙腿做過手術。

「車禍？」

「嗯！」

「傷得很嚴重嘍？」

「我父母因為那次車禍去世了。」

「啊……對不起。」

這不需要道歉的，如果我提到父母去世的消息，那些完全沒有絲毫責任的人，都會跟我道歉。

交通事故是很普遍的，這是不論在哪裡、在任何人身上都有可能發生的事情。就算現在眼前有人因事故而死，也是有可能發生的事。

就在見過賢珠回家的路上，家門口的十字路口發生了車禍，計程車和轎車撞在一起，轎車的車頭和計程車側面撞變形了。從車輛的損壞程度來看，司機應該沒有生命危險，但這也不是可以妄下定論的事。

因為能量只會帶來變形，不會澈底消失，奔馳的車輛所擁有的能量，在相撞的瞬間會使車輛與人發生變形。原本擁有的能量就很大，如果車體只損傷一點的話，那剩餘的能量就很有可能全部轉移到司機身上。有的車輛撞到需要報廢的程度，但司機卻毫髮無傷；有的車輛只是輕微碰了一下而已，司機卻傷成了重傷。

十字路口處停了三輛救護車，響著警笛的救護車抵達的同時，警車也到了。周圍聚集了圍觀的路人，其中一個看起來約莫三、四歲的孩子開心得不得了。

「哇嗚！警車！媽媽！又來了一輛警車！」

在孩子看來，警車和救護車同時亮起警燈是件既新奇又好玩的事，孩子在事故現場歡樂的態度，令母親感到難為情，她晃著孩子的肩膀責備起了孩子，可她卻也難掩自己興致勃勃看熱鬧的表情。有時，他人的不幸，會成為我們日常中消遣無聊的道具。

經過十字路口的車流回堵，越來越多的人聚集了過來。

我正準備離開事故現場時，發現了那個男人——李代理，就是在咖啡店使用電腦的那個男人，背後沒有數字的那個男人。死神，這一區的負責人，他穿著和那天差不多的西裝，也許換了領帶和襯衫，總之他與朴部長看起來截然不同，起碼他穿的是合身的西裝。

我躲閃著男人，不想讓他注意到我。他是來引導誰的嗎？出事車輛裡的人的紅色數字正在熄滅嗎？現場，一一九隊員正在撬開變形的車門，警察比劃著手勢，疏通著停下來圍觀的車輛。

我看到李代理焦慮地環視著四周，他像是在尋找著什麼。在找什麼呢？他不是有名單嗎？我跟隨他的視線，因為事故車流量變得緩慢下來，有的車乾脆停在了那裡。一輛機車從車流裡衝了出來，無法忍受車流回堵的機車，越過中央線騎到了反方向的車道。機車打算繞個半圈避開過事故現場，但情況卻與他計畫的相反。當機車正打算重新返回原來的車道時，忽然與迎面開來的車輛撞在一起。機車被撞出車道，機車騎士甩到了半空中，很快又重重的落在了地上。

我看到了，我看到機車騎士的「Back Number」是綠色的，雖然不確定，但我很肯定不是個位數。機車越過中央線的瞬間，一眨眼的工夫，綠色突然變成了紅色，騎士摔在馬路上。

我看到李代理，他正注視著那個倒在地上的男人。

#

我在醫院的急救室門口撞見了李代理，李代理跟隨事故死者，我跟隨李代理來到醫院。從急救室出來的李代理，見我擋在面前，嚇得打了個寒噤。真是過分，嚇到的人不應該是我才對嗎？再怎麼說他也是死神啊！

因為我們沒有打算妨礙彼此，所以此次見面既不友好也沒有敵意，儘管如此，這種見面也很奇怪。我們不是能坐在咖啡店竊竊私語的關係，所以只能坐在醫院後方僻靜的停車場花壇邊上。

「那是怎麼回事？」

「什麼？」

李代理迴避了我的視線，我察覺到此次對話的主導權在我手上。雖然我什麼都不知道，所有的情報又都在他那裡，但他必須針對剛剛送進這間醫院的男人，改變了其命運的「Back Number」向我做出解釋。我覺得這是超乎規則以外的事，所以李代理才會迴避我的視線，我用沉默和視線壓迫著李代理，最終他投降了。

「他是替代者啦！今天是結算的日子……，結算的時候常常會發生這種事啦！」

「替代者？」

「剛剛那起車禍原本應該有兩名死者，轎車司機和坐在計程車裡的乘客。轎車司機是酒後駕車，所以那輛車才撞向了計程車，但那名坐在計程車裡的乘客，卻在抵達十字路口前先下車了。」

「為什麼？」

「你說呢？我也想知道為什麼？可能是跟司機發生了爭吵……」

「所以呢？」

「因為這是今天的名單，我也沒辦法啊！所以只能找替代者了。雖然有從下一張名單提早處理的方法，但下個月又會出現漏洞，一旦用了這種拆東牆補西牆的方法可就麻煩了。」

我整理了一下他講的內容，死神今天在那起事故現場，原本是要引導兩名死者的，但其中一名「碰巧且突然」的死裡逃生了。剛好今天是月底結算，死神必須要業績達標，所以才跑來引導另一個人，而這個人「碰巧且突然」的迎來了死亡，沒有任何理由的，只是剛好經過現場而已。

真的是這樣？人的性命可以如此兒戲？

「這樣也可以？」

李代理瞥了我一眼。

「可以這麼隨隨便便？不是說……，這是你們的工作嗎？」

他們不能這麼不負責任，至少對他們而言這不是遊戲，而是工作啊！李代理依舊迴避著我的視線，他摸著花壇裡的葉子小心翼翼地說：

「當然，我們也會受處罰啦！降職或者乾脆被趕出區域，但那必須是我們百分百犯錯或是沒有任何可能性的時候……。」

李代理停了下來，盯著我。

「你該不會是想聽我辯解吧？」

「是啊！」

我想到跟朴部長見面時，他說過：「李代理澈底嚇傻了，我們這區只有你一個視者。」我是視者，我的存在令他們感到不舒服，因為我的一舉一動會對他們造成嚴重的誤差。辯解也好，勸說也好，解釋也好，李代理必須向我說明這一切，因為我掌握了事態，李代理低下了頭。

「只要有可能性就沒關係，上面只看數字對了就可以了，沒人管死者是誰。但如果沒有可能性的話……，也就是說，那種非常奇怪、太顯眼的情況，比如……，人好好的坐在家裡客廳看電視，突然被施工現場飛來的鋼筋擊中頭部。」

「荒唐的？」

「就是那種荒唐到成為人們話柄，上了電視新聞的死。新人不知所措的時候容易闖下那種禍，因為他們沒經驗，隨便弄出了什麼事，就把人帶走了。這種情況就會受到處罰了，因為死因受到了關注，上面就會展開調查。這種情況我們也很頭疼，事事感到畏怯。」

「那今天那個人就是有可能性的囉？」

「誰都知道連帶車禍更危險，也更自然。」

「那你們也會失手搞錯對象嗎？」

「當然也有那種情況了。前不久，有人打算自殺，從高層公寓跳了下來，誰知剛好有人出來丟垃圾，結果就被跳樓的人壓死了。打算自殺的人活了下來，下面的人就那麼給砸死了。這種情況百分百是我們的失誤，那個新人，不！那個代理級的死神，現在調離區域又被送進去接受教育了。丟死人了，全公司都傳開了，鬧哄哄的過了好長一段時間呢！」

我聽完只感到瞠目結舌。走在路上，路面突然坍塌了；走在路上，突然被掉下來的東西砸到了；圍觀事故現場，結果自己遭遇了不幸……，這所有荒唐的死亡背後，都有追趕結算和業績的死神。

10

我早上去了珉智家，下午因為有事又過去了一趟。

因為有客人要我到珉智家幫忙買兩份海苔飯捲和一份拉麵炒年糕，珉智家的海苔飯捲在單身一族的口碑相當好，飯捲裡使用的食材多達七種。唯一的缺點是珉智媽只有一個人經營餐廳，所以沒辦法外送，一份海苔飯捲三千元，但叫外送的費用卻比海苔飯捲還貴。雖然打來電話的客人住在距離珉智家徒步不到十分鐘的地方，但我想叫外送的客人都有自己的理由，反正對我來說，有錢賺終歸是件好事。

我在等海苔飯捲的時候，客人又打電話來說自己忘記點湯了。

「好的，知道了。」

我掛斷電話一看，珉智媽已經往塑膠碗裡盛湯了。

珉智媽突然開口問我：

「你在跑腿公司上班嗎？」

「嗯！」

「我還以為你在送餐，不是嗎？」

「是的，『Good Help Service』。」

「那是什麼都能做嗎？」

「不是什麼都做，可以幫忙的我們都會做。」

「費用貴嗎？」

「要看什麼種類的工作，怎麼了？」

「我想幫孩子的跆拳道館送點東西，可我又離不開餐廳。」

「啊！是這樣。」

珉智媽說今天是教師節。

「原本孩子只在跆拳道館待一個小時的，但店裡忙，他回來我也沒辦法照顧他，店裡地方又不大，也不適合他玩。所以他都在跆拳道館玩三、四個小時才回來，那裡地方又大還有朋友，館長也能幫忙照顧……。」

「珉智現在在跆拳道館啊？」

「珉智？」

她一臉費解的看著我。

我們不是在講珉智嗎？

「珉智，早上在屋裡吃早飯……。」

我指著屋裡，但女人還是一臉不理解的表情，我語無倫次了起來。

「在那寫作業、做練習題、跳繩，像這樣，啊……沒在店裡的那孩子。」

「你是說龍吉啊？」

「龍吉？」

女人走進廚房。

「我兒子，龍吉。」

原來那孩子叫龍吉，那店名寫著「珉智家」是怎麼回事？難道這個阿朱媽名叫珉智？（如果她用自己的名字當店名的話，那她一定是個自戀的阿朱媽。）

「店名是之前開店的人用的，我就沒換下來，之前這裡老闆的女兒叫珉智。」

「啊……原來是這樣，是我誤會了。」

珉智媽，不！應該是龍吉媽，要我送完餐再回來，她準備好海苔飯捲，希望我送到龍吉的跆拳道館。

我走出餐廳，仰望著「珉智家」的牌子，那孩子叫龍吉？龍吉這名字比珉智好多了，很適合那個不會算減法、但會跳交叉跳的孩子。

我趕快送完餐後又去了珉智家，為館長和教練準備的海苔飯捲非常豐厚，我把海苔飯捲裝在機車後面，出發去了跆拳道館。

跆拳道館位於建築的五樓，如果用「破舊不堪」來形容那棟建築，或許有些誇張，但不管怎麼看，它都不像乾淨的新建築。整棟建築外圍，密密麻麻的掛滿了大型招牌和廣告看板。如果單獨看的話，有些招牌還滿好的，但它們絲毫沒有考慮彼此間的搭配，因此整體看過去簡直是雜亂無章。

一樓用紅字寫著斗大「藥」字的大型藥店，其他商店的招牌相對來講就太寒酸了。二樓是間整形外科診所，最頂樓才是跆拳道館，如果事先不知道那裡有跆拳道館，恐怕是很難找到的。那裡沒有招牌，只在每扇玻璃窗上寫著「三星跆拳道」幾個大字。

我早就預感到這棟建築沒有電梯了，幸好那裡是年輕氣盛的孩子進進出出的地方，如果換作是其他商店，恐怕是會嚴重影響做生意的。樓梯又暗又髒，每階樓梯邊緣處的防滑橡膠也都脫落了，那些淘氣的小孩搞不好會滑倒的。我養成了每到一處新的地方都會先仔細檢查危險要素的習慣，我應該去面試當個設施安檢員呢！

跆拳道館的地面鋪滿了柔軟的藍色墊子，兩側的牆上設有高度適中的籃球架，一側牆上還掛著二十幾條跳繩，每個角落都掛著彈簧吊球，一側還放著高爾夫推桿。雖說這裡是跆拳道館，但在這裡孩子應該可以學習到各種運動。

可能是還沒到上課時間，道場只有一個孩子在玩球，珉智，不！是龍吉，龍吉看到我高興地跑了過來。

「你是來吃早餐的那個叔叔。」

龍吉還能認出我，真是謝謝了。

「你來這裡做什麼？」

「你媽叫我來送東西，館長呢？」

「館長開車出去了。」

看來館長是開車接孩子去了，大概是要接一批孩子過來才能上課吧！那這些海苔飯捲應該交給誰呢？我環視四周，只見一個跟我年齡相仿的男人從辦公室走了出來。

「教練！」

龍吉朝男人跑了過去，一把抱住了那個他稱為教練的男人，這小傢伙性格還真好。

我把海苔飯捲遞給教練。

「珉智媽說今天是教師節，要我特別送來的。」

「珉智？」

「啊！是龍吉，龍吉媽送來的。」

站在前面的龍吉一邊咧嘴笑著，一邊聳了聳肩膀。可愛的小傢伙，連減法都不會算的臭小子。

我邁著輕鬆的步子走下樓梯，只見一群年齡不相上下的孩子成群結隊的走上來，他們穿著白色的道服，腰上綁著跆拳道帶子。不知道是因為孩子的腰太細還是帶子過長，帶子都快拖到地面了。五顏六色的帶子，除了有我知道的白色和黑色以外，還有橙色和紫色。

我心想：「竟然還有紫色……」於是回頭看了一眼，忽然有什麼東西引起了我的注意，那個抓住我視線的……是紅色漸漸熄滅的光！

我茫然若失，身體搖晃了一下，險些跌倒在樓梯上。有人「呃！」的一聲扶住了我的胳膊，我這才靠牆站穩了腳。

扶我的人應該就是館長，他看起來四十出頭的樣子，館長用眼神問我：「沒事吧！」然後跟隨著孩子一起上樓了。館長的白色道服後面也亮著紅色的數字「1」，不光是館長，那些像皮球似的在樓梯上蹦蹦跳跳的孩子裡面，也閃爍著不祥的紅光，一、二、三，三個人？加上館長四個？搞不好……

我又爬上了樓梯，腿好像踩空了一樣。

孩子一窩蜂地跑進了道場，龍吉比剛才更加開心的跑跳著，白色道服上亮著紅色數字的孩子們跑來跑去，龍吉白色矮小的背上也亮著數字「1」。

一般這種情況都會覺得眼前一片漆黑吧！但我卻毫不相干的在想：「嗯？不是那樣啊！」我沒有覺得眼前一片漆黑，而是變得非常白，彷彿在昏暗的電影院待了一段時間後，突然走到陽光耀眼的地方，亮得什麼也看不見。管它眼前變黑還是變白，總之那一瞬間我什麼也看不見了，我擔心自己暈倒，於是悄悄坐在地上。我感到極度抓狂，我想歇斯底里的大叫、罵人，甚至想摔東西。

但現在沒有時間了。

我斥責著自己打起精神來，我睜開眼睛，用盡全身力氣站了起來。

「要想辦法！」

要想辦法才行，預測、判斷。

剛剛發生了什麼事？數字是「1」的孩子成群跑進了道場，其中原本好好的龍吉也變成了數字「1」。一定是道場裡發生了什麼事，就在今天，也許就在一個小時內。

孩子會學一個小時的跆拳道，結束後他們會各自回家，事故一定是發生在他們聚集在一起的時候，如果是這樣，就是在這棟樓裡。會是什麼呢？建築坍塌？火災？地震？瓦斯爆炸？

我朝樓梯的方向跑了過去，必須去看看其他樓層的人。我沿著樓梯來到四樓，四樓很安靜，一家小企業剛剛搬過來，辦公室門口掛著木製的牌子，上面用宋體寫著「（株）新光科技」。木製的牌子也好，字體也好，跟科技完全不搭配。走廊一側堆滿了大紙箱，應該都是這間公司製造的產品吧！我不假思索地開門走了進去，辦公室裡幾乎沒什麼人，只見一個中年男人坐在最裡面，一個女職員坐在離他稍遠的地方。

「您是哪位？」

看到有人突然造訪，他們顯得有些吃驚，二人半起身的懸在半空看著我。

「啊！那個……」

女職員看著我背心上寫的字，對啊！我是跑腿公司的職員。

「說是有人要寄快遞。」

「快遞？沒有人叫快遞啊！課長是你叫的嗎？」

「不是！」

那個課長一屁股坐在椅子上，椅子發出嘎吱一聲響。

女職員又看了看我，不管怎樣，我都要確認一下他們的背。

「沒錯啊！是這裡啊！說東西放在那邊。」

我毫不顧忌地往辦公室裡面走去。

「喂！站住。」

女職員跑了過來。我走到課長身後，一邊假裝在找東西，一邊確認了他的背，我看到了綠色的四位數。確認女職員有些難度，因為她毫不掩飾自己的戒心。男女進行比較時，女生的確會比男生小心謹慎。

課長顯得很不耐煩。

「都說我們沒叫快遞了！你趕快出去。」

我看到了女職員的背，她也是綠色，而且還是五位數。

「那是我搞錯了，對不起。」

我趕快走出辦公室。我跑遍三樓、二樓和一樓，三樓有間空著的辦公室，旁邊的瑜伽會館也關著門，二樓的整形外科診所和一樓的藥店，都沒有發現亮著紅色數字的人。開在藥店旁邊的電子鍋代理店裡，也沒有看到紅色的數字。

如果是這樣，這就表示這場災禍沒有涉及到整棟樓。雖然從外觀上看，這棟建築應該立刻就會坍塌，但實際上建築並無異常。我又沿著樓梯走了上去，經過五樓的跆拳道館來到樓頂。通往樓頂的樓梯上堆滿了箱子，連落腳的空間都沒有。箱子上寫著四樓新光科技的商號，有的是空箱子，有的是裝滿了產品的重箱子，還有尚未做成紙箱的瓦楞紙也堆在那裡。我把箱子清理到一側，空出了一條通路，真令人火大，東西堆放在樓梯上明明就是違法行為。雖然平時樓梯只是通路，但當發生緊急狀況時通路就是逃生出口，什麼情況需要借助通路逃到樓頂避難呢？

火災！沒錯，是火災！四樓發生的火災導致五樓的孩子遇難，以樓下的人都平安無事來推斷，一定是四樓發生了火災，而五樓的孩子沒能逃出去。如果是這樣，那在發生火災以前，先讓大家避難不就可以了嘛？我從樓梯回到走廊，但走廊盡頭並沒有找到火災警報器。

我走回樓梯時，看到火災警報器安裝在樓梯的牆上，警報器的按鈕被厚塑膠蓋罩著，要想按下按鈕，就要用力穿透那層厚塑膠蓋。我第一次用力時沒有按到按鈕，當我再用力按下去時，突然被一隻手用力抓住了手腕。

是那個男人，朴部長，死神。曾經對我說：「要是有名片就給你了」的那個男人。

我那隻被他抓住的手臂起了雞皮疙瘩，不是因為害怕，而是因為冰冷。他的手冰冷極了。我在心裡想，死神的手這麼冰會不會太尋常了？他可以嘗試讓自己穿得像個銷售員，但卻無法控制體溫吧？他講話的口氣也跟人類差遠了，他的態度跟在我家時截然不同，死神惡狠狠地用冰冷的聲音問道：

「你要幹嘛？」

我扭動手腕抽回了手，雖然他很有力氣，但還是放開了我。

我再次用力按下去，塑膠蓋碎了，我使勁按下按鈕，但警報音沒響。警報器壞了，十年以上沒有人檢查過的警報器，布滿了灰塵和污垢，這種警報器會響才奇怪。我虎視眈眈地瞪著死神，死神則面無表情，我沿著樓梯跑到樓頂，道場裡傳來孩子「呃啊！呃啊！」的聲音，

「跆！拳！道！精！神！呃啊！」

我沿著剛剛清理出的狹窄通路，來到通往頂樓的門，門上了鎖，我用盡渾身力氣去撞門。

「哐！哐！」跟著我跑上來的死神沒有出手阻止我，他用驚恐且冰冷的口氣說道：

「我不是跟你講明了嗎？」

我沒有理他。

死神接著說：

「你不要多管閒事，這都是安排好的事情。」

我大叫道：

「什麼安排好的！龍吉剛才還好好的呢！」

我抓住門把用力搖著，破舊的門把搭配破舊的建築，門把發出咯噔咯噔的響聲，要是順

利，整個把手都能從門上拽下來。死神再次開口問道：

「所以說，你只是想救龍吉？」

我沒有回答，直接用腳開始去踹門把，門把晃得更厲害了。我想告訴他，少開玩笑，我要把大家都救出來，救出所有的孩子。

「我也替龍吉覺得委屈，但那些孩子從出生那天開始，就註定了這樣的命運，龍吉只不過是被捲進來的。十字路口那家聖心醫院，今天進行了一次心肺復甦搶救，社區醫院做什麼心肺復甦嘛！不覺得太過了嗎？感到荒唐的李代理放棄了那邊的人，所以才把龍吉加了進來，這種事故死五個人和死六個人是沒什麼差的。」

我把所有的力氣都用在踹門上，我用釘著四十八根鐵芯的右腿支撐著地面，然後抬起相對來講結實的左腿朝門把踹了過去，我感到腎上腺素上升，血管也都膨脹了起來。死神再次開口說道：

「那好，你看這麼做如何？」

我瞪著死神。

「問題在於可能性，這附近有間老人會館，中午會提供免費午餐。正好今天中午會發生食物中毒事件，食物中毒本來多發生在春季，雖然早晚涼爽，但白天跟夏天沒什麼差，免疫力弱的老人又戰勝不了食物中毒。這種可能性終歸能說得過去啦！這樣你覺得可行嗎？」

死神一臉嚴肅的看著我。我停了下來，因為我理解他說的話，所以變得猶豫不決。如果我救了這些孩子，那今天會變成數字「1」的就是會館的六名老人，他們會代替孩子去死。

我不想去思考這些，想怎樣啊？要我做出選擇？我？憑什麼是我？

但我還是做出了選擇。

「他們還都是孩子啊！」

「啊哈！」

死神頗感興趣的看著我。

「你的意思是，孩子以後的日子還很長，現在死了太可惜了？那些老人也活了大半輩子，以後也不能賺錢，還會給家人和社會帶來負擔，所以選擇他們更合適，是吧？」

我想放聲大喊，但我把力氣用在了踹門上。

「真沒想到你還會給死亡劃分等級，你的想法也不錯，絕大多數人也都會這麼想。世上的事要是都能按照想的去辦就好了。總之我尊重你的選擇，不過要記住，這可是你做出的選擇，知道了吧？」

在我的腿澈底失去知覺時，門把掉了下來，我猛地推開門，一股涼爽的風吹了過來。

我走出去，死神又追加了一句。

「別忘了，這可是你的選擇。」

朴部長走後，我仍舊留在大樓裡，我瞪大眼睛徘徊在走廊和樓梯之間。三十分鐘後事故發生了，火災是從三樓空著的辦公室開始燒起來的。雖然那家公司搬走了，但水電都沒有斷掉，暴露在外面落滿灰塵的電線冒出火花，點燃了地上的垃圾。黑煙充斥著樓梯，四樓的課長和女職員在第一時間逃了出去，跆拳道館的孩子們在館長和教練的指揮下，有秩序的逃到了樓頂。孩子們站在起風的樓頂等待救援，大家坐上消防車的雲梯，安全抵達了地面。有的孩子嚇哭了，但龍吉卻顯得很淡然，孩子們的背上又亮起了燦爛的綠光。

我故意不去看新聞，但還是聽說了附近會館發生了食物中毒的消息。聽到有人懷疑，那起事故並非食物中毒而是投毒事件時，我沒有反駁。

#

我病倒了。

「你是打算每次遇到這種事都生病嗎？不要那麼嬌氣啦！」

雖然我斥責自己，但還是沒有用。我高燒不退，已經五月了，雖然家裡開著暖氣、蓋著棉被，但我還是在被子裡不停地顫抖著。

我躲在被子裡跟「病魔」戰鬥，我沒有親眼見過「病魔」，但既然有了死神，怎麼可能沒有「病魔」？死神穿著土氣的西裝，那病魔呢？會比死神時尚點吧？反正他一定很可怕就對了。不管病魔長什麼樣子，穿什麼衣服，他都是討厭的、沉重的、潮濕的、陰險的存在。

我感到頭痛欲裂，腦子裡就像有顆心在跳動一樣，發出陣陣刺痛。跟著那節拍，眼睛也感到陣陣刺痛，那種疼痛讓人擔心睜開眼睛，眼球就會掉出來。肌肉也痛得厲害，特別是小腿後側痛得像要斷了一樣。

我還以為經歷了五年的醫院生活和死裡逃生的重傷後，會更有耐性忍耐疼痛，但其實並沒有。比起忍耐疼痛，我把精力都集中在疼痛本身。住院期間我聽得最多的問題就是「哪裡痛？有多痛？」，如果我回答痛，護士便會給我一張痛症問診表，上面畫著五個表情，笑臉的表情、無動於衷的表情、略顯猙獰的表情、愁眉苦臉的表情，還有大哭的表情，我要在這五種表情下做出標記，如果沒有疼痛，就在笑臉下做出標記。

因為疼痛變得神經質和壞脾氣的我，莫名其妙的在和問診表過意不去，沒有痛症就要笑嗎？就算沒有痛症，也有心情不好的時候吧！每次接過問診表，不管痛不痛，我都會在大哭的表情下做出標記，我真想像那個表情一樣大哭一場。

我一個人躺在家裡，嘗試著讓自己找出哪裡最難受，如果是受了外傷就很明顯，但像這種渾身難受就很模稜兩可了。剛剛還覺得最難受的部位是發出陣陣刺痛的眼睛，後來又覺得應該是兩隻手臂的三頭肌，可太陽穴也像被扎著似的發疼，等我再集中注意力去感受時，又沒有那麼痛了，總之全身都很難受。

雖然我滴水未進，但還是爬到廁所嘔吐了幾次，連胃液都吐出來了，我心裡想著必須要去醫院，但我一點力氣也沒有。我需要幫助，但我不想給住在鄉下的姨媽添麻煩，所以沒打電話給她。由於我好幾天沒去上班，老闆打了電話來，接著島梅找上了門。島梅一把將我背起來，搭計程車去了醫院。

計程車剛抵達醫院門口，門口的員工便跑過來幫我開了車門。我來的時候沒有體力需要人背，但看到醫院大樓時，卻像是重拾了力量一樣，無需任何幫助便自己下了車。島梅付了車資，正慢吞吞地等著司機找零錢。

醫院的旋轉門速度慢得讓人抓狂，因為要容納輪椅，所以旋轉門的間隔特別寬。我走進旋轉門時，看到了前面的人的背。一般情況而言，有數字才會引起我的注意，但也有例外的時候。如果在眾多人當中想要受到矚目，通常需要與眾不同，凡是特別的、有別於他人的，就連「沒有」也會受到矚目。凸顯某種特定的存在，有時不是因為他有什麼，而是因為他沒有什麼，比如：頭髮。大部分人的頭上都長著頭髮，所以禿頭就會受到矚目，這也和在阿里巴巴的大門上做出記號是同樣的道理。

如果沒有才會受到矚目的話，對我來講那就是背後的數字了。因為所有人都擁有亮著微弱綠光的數字，所以沒有綠光的人才會進入我的視線，比如站在旋轉門前的那個男人。

我無法抱怨怎麼總是會遇到他，因為這裡是他的「轄區」，李代理的活動範圍正是我居住的這一區。銷售員的職業特點是要每天在自己的管轄區域走動，所以醫院理所當然的成了他出沒的重要管理地點。半徑十公里以內有兩間大型醫院，說不定李代理早晚都要巡視，他應該會在加護病房或急救室門前安營紮寨吧？要是醫院另外設有安寧病房，那裡肯定會成為他的寶地。但這一區的醫院都沒有安寧病房，看來這一區不是能提高業績的好地段，不過這附近的大樓總是不斷地開設小型療養院，或許這能給李代理帶來些安慰吧！

背後沒有光的李代理，走出旋轉門後快步走掉了，我呆呆地望著他的背影。這時，島梅跟上來攙扶我，被他一攙扶，原本站得穩穩的我差點沒跌倒。

我雖然只是身體不適，但由於脫水嚴重，所以需要住院。我打著點滴躺在床上沉沉的睡了一覺，不知道是因為退燒藥還是止痛藥的關係，我打了兩針，吊了點滴一覺醒來後，已經是深夜了。從病房門縫可以看到走廊明亮的燈光，屋裡其他病床上的人都安靜地睡著了。這可真是少見的事，普通生病的人整夜都無法入睡，苦痛和難受會叫醒他們。有時，孤獨、不安和喪失感會令他們睡意全無，而能夠打鼾且埋頭大睡的人，也只有躺在窄小床鋪的家屬了。

島梅應該是回去了，我身邊沒有任何人。

我吃力地移動著像是會發出咯噠響聲的手腳下了床，整個身體輕飄飄的，像是喝了過多濃烈的咖啡一樣，我感受到了高燒退去後的輕快，還有胃腸和其他內臟空無一物的空虛感。

我拖著吊瓶支架來到走廊，空無一人的走廊亮著燈，我走過護理站時大家都在忙，沒有人注意到我。

我心想……在哪裡呢？他會在哪裡呢？加護病房？急救室？不然他就是像鐘擺一樣往返在這兩個地點之間。為了不錯過時間點，為了不讓心肺復甦術和插管搶走自己手上的業績，李代理必須靈活的採取行動，處理自己的工作，我到處尋找起了李代理。

深夜，急救室裡的騷亂或許是理所當然的，但今天這裡的騷亂卻與決定生死尊嚴的騷亂相差甚遠。騷亂的源頭來自酒醉的大叔，他滿臉流著血卻還嚷嚷著要回家，阻攔他的也是個喝多了的醉漢，那位大叔甚至嚎啕大哭了起來。護士輕輕地搖著頭，缺少睡眠的年輕醫生，不耐煩地警告他們再這樣下去就要報警了。

我在加護病房門前找到了李代理。如果讓我選，我也會選擇加護病房勝過急救室，因為這裡的夜晚有最低限度的寂靜。我還以為李代理為了業績，會兩眼放光似的守在那裡，可他卻打起了瞌睡。李代理乾脆把脫掉的外套當成被子蓋在身上，看來他是打算好好睡覺了。

雖說我是特意來找他的，但過去打招呼又覺得很尷尬，看著他疲憊不堪的樣子，我甚至擔心起他的工作量會不會太大了。這種職業的上班時間是如何規定的呢？人死又不分白天黑夜，那他們就要二十四小時待命了。如果是這樣，那是輪班制嗎？感覺工作條件並不好。李代理四周顯得十分昏暗，因為其他人的周圍都散發著淡綠色的光，只有李代理沒有那種淡綠色的氣息，把那說成是生命的氣息也不為過吧？

我坐在他旁邊遲疑了起來，要不要叫醒他呢？雖說我們見過兩次面了，但也不能說是很熟的關係。

李代理感到不舒服，扭動了一下身體，忽然他像是察覺到有人在盯著自己看，於是他稍微睜開眼睛瞄了一眼。再次閉上眼睛的李代理，立刻又睜大眼睛，一躍而起的坐了起來。他每次都這樣，真是過分。

我們走到醫院外。

李代理一臉複雜的表情看著我，他本能的對我帶有敵意與反感，但他又對我束手無策，招惹我只會對自己不利，所以他只能強忍著怒火，他的這種態度表露在他的表情和口吻裡。

但我對他沒有反感，我只是有些問題想要問他。

「他們會去哪裡？」

「什麼？」

李代理一臉疲憊的反問道。

「你不是會引導他們嗎？不是要帶他們去見閻羅王嗎？我是問你，他們死後你會帶他們去哪裡？」

這才是最根本、全宇宙都在關心的問題吧！我們從哪裡來、會到哪裡去？夜晚那些比夜店霓虹燈更絢麗耀眼的十字架、高矮相仿的山中寺廟、空腹赤腳徒步走上千萬里路、戰爭中的殺人與被殺、在自己身上捆綁炸彈引爆……這一切都與我提出的問題有關。我們將去往何處，這個問題帶來的恐怖，不知道造就出了多少愚蠢的人類。

李代理冷漠且不友好地回答道：

「我也不知道。」

「不知道？」

「我怎麼會知道？我只是負責帶他們離開現場，不管死在哪裡，都必須盡快離開現場，我只是幫助他們移動到下一個場所而已。接下來的事我就不知道了，我只不過是一個小小的公司職員而已。」

小小的公司職員？原來李代理也不過是一個組織的基層員工，身為小小職員的他不知道，也無法知道整個組織。基層員工不可能知道經營策略會議上討論的內容和做出的決定，說不定他連誰參加了會議都不知道。所有的一切都由組織決定，而組織正是為了組織本身而存在的，這也是維持組織的唯一目的。李代理也不過是從自己的勞動中，被排除在外的某個階級的棋子罷了。

「那你一點也不好奇嗎？」

李代理像是把這個問題當作了譴責，他扳起臉，一改彬彬有禮的口氣。

「把人救活的人不是也不知道接下來發生的事嗎？就拿今天的事來說吧！一個女生從六樓跳了下來，因為害怕，她包裹著棉被跳了下來。當然，她沒有當場死亡。可我知道她早晚都會死，所以一路追了過來。誰知那些醫生一窩蜂的跑來，不是插管就是把人家肋骨要壓斷似的做起了心臟按摩。這下好了，人是活了，可是活下來以後呢？後來怎樣了呢？救活以後又有誰關心過那女生去哪兒、如何生活呢？」

我有種不祥的預感。

「她後來怎麼了？」

李代理看了我一眼，轉移了視線。

「她下半身麻痺了，這下好了，她那混蛋哥哥可以對著她麻痺的下半身為所欲為了。如今那個女孩行動不便，想尋死都沒那麼容易了。」

「……」

「醫院裡，那些醫生在窮人身上到處插管，想盡辦法把人給救活了，結果活下來的人把房子和所有財產都花在醫藥費上。房子沒了，家人也沒了，最後孤苦伶仃的，不是餓死就是凍死。所以我說，你不要去關心死後的人會怎樣，先好好瞧瞧活著的人是怎麼生活的吧！」

關心活著的人，關心活著的他們怎麼生活、如何生活，李代理是在譴責我。

「你以為自己成了救世主？你以為自己能救他們？因為他們都是孩子，救了可憐的生命你就能得意洋洋了是吧？你怎麼就沒有想過，你越是介入其中，越是會讓事情變得複雜呢？真是過分，你們這些視者怎麼都那麼愛管閒事，明明你自己也遇到過這種遭遇，怎麼就不記取教訓呢？」

視者……遭遇過這種事卻不記取教訓，遭遇過什麼？

李代理噗嗤笑了出來，現在對話的主導權轉到了他手上。

「你遭遇過車禍吧？」

沒錯，我和父母遭遇了車禍。

「如果有人遭遇了車禍，那就一定會有人差一步的避開了那場車禍。」

有這種可能。

「雖然有可能是機緣巧合下避開的，但也有可能是故意的，就像你救了龍吉一樣。」

我想了想我救了龍吉和那些跆拳道少年的事。我的介入使得龍吉變紅的數字又回到了安全的綠色，原本那個區域負責要帶走龍吉和跆拳道少年的死神，緊急之下找了其他人代替，荒唐且突然面對死亡（雖然死亡幾乎都是如此）的替代者，是附近會館的老人。沒有理由的就那樣做出選擇了，沒有任何倫理和規則，只因他們是與我毫無瓜葛的人，只因為視者不予理睬他們。

無數面對死亡的人中，誰是當事者，誰又是替代者呢？有的人會活完自己指定的時間，但有的人卻在沒有預兆的情況下，受到連累被帶走了。如果是這樣，那我的父母呢？他們又是哪種情況呢？

我反覆想了又想，當時發生了什麼事。我不想回憶車禍發生的瞬間，但事實上我也想不起來了，我記得的只有那瞬間的嘻哈音樂、貨車巨大的輪胎和撞擊。

我追溯了車禍發生前的時間。車禍發生前，我們的車行駛在高速公路上，因為是行駛在深夜的高速公路上，所以車速很快，但當下沒有任何奇怪的徵兆。再之前呢？我們的車開進了休息站，媽媽去了廁所，爸爸一直在車上睡覺，我去便利商店買了咖啡。有其他人，沒錯，還有另一輛車——珍珠色 CUBE，那對羅密歐和茱麗葉情侶，在那個沒有吃喝、沒有休息空間的簡易休息站，羅密歐勸說茱麗葉再休息一會兒，現在不能上路，等一下再出發，再等一下……再等……一下。

在那個深夜沒有人的休息站，羅密歐到底在等什麼呢？他注意到我們剛好開來的車，他留意觀察著從廁所出來的媽媽的背影，他那雙盯著我們車輛離開的眼神。羅密歐到底在看什麼？我們一家人比他們晚抵達休息站，卻比他們早離開。羅密歐與茱麗葉，我父母的死，預定的時間，需要兩筆業績的時間，或許在那個時間經過貨車旁邊的車不應該是 MINI COOPER，而是 CUBE？

羅密歐一定看到了茱麗葉的「Back Number」，紅色漸漸快要熄滅的數字。他在深夜的高速公路上與茱麗葉一同坐在車上，預知了共同的命運。羅密歐預感到了車禍，就像我看到龍吉和跆拳道少年預感到火災一樣。羅密歐逃離了深夜的高速公路，他窩在休息站尋找著逃生口，在等待有兩個人可以代替自己和茱麗葉——我的父母。

羅密歐，我必須要找到羅密歐，他是視者。

#

我去公司找了老闆。

「Good Help Service」的老闆是個腳踏實地的人，雖然他有過不夠光明的歷史。我不清楚他的過去到底有多不光明，只知道他與警察、檢察官和律師等人交情匪淺，而且還認識現職的黑社會、小偷和偽造文件高手。

我找到老闆，請他幫我找一個人。我不知道那個人的姓名、年齡、住處，更不知道他的電話號碼，當然也不知道他的出生地、畢業學校，現在如果看到他，恐怕也認不出來。我只知道自己在何時、何地見過他一面。

「神經病。」

老闆這樣講，是因為我提供的資訊根本無法找到那個人。

「會有監視器畫面吧？」

「當然有了。」

「那監視器影片肯定會拍下車牌啊！只要確認一下那天、那個時間進入休息站的車輛車牌，不就可以找到車主了嗎？」

「你當我是警察啊？」

「你跟警察差不多啊！」

「你看我哪裡像警察了？」

「你們做的事情差不多嘛！」

「只有警察才可以調查身分，而且是要以查案為目的。不過要查也是有辦法啦！只不過需要花錢。」

「花錢沒關係。」

老闆開心地看著我。

「喂！你是有錢人啊？」

「這件事對我很重要，拜託了，你不是做過很多次了嗎？」

「喂！你可不要到處亂說啊！什麼做過很多次。監視器影片……什麼時候的？」

「嗯……七年前。」

老闆直勾勾地盯著我，不知道他發出的那聲「呵！」是在笑還是在嘆氣。

女吧！」

「你現在要我找七年前的監視器影片？那還在嗎？你還不如讓我去江南的夜總會找個處

據了解，根據管理業主不同，監視器影片的保存日期也不同，但絕大多數人最長只會保存一個月。雖然安裝高速公路自動收費器的車輛經過收費站時，道路公社會自動儲存紀錄，但三年後那些紀錄也都會被刪除。我連羅密歐的 CUBE 有沒有安裝高速公路自動收費器都不知道，更何況就算是安裝了，紀錄也早就沒有了。

我調查了羅密歐開的珍珠色 CUBE 銷售數量，我打算盡我所能，把 CUBE 的車主都找出來。如果是在我發生車禍的那年駕駛 CUBE 的車主，那一定是在那年或者前一年購買的車輛，因為 CUBE 是在那時才正式進口的。

CUBE 在韓國不是常見的車，所以我認為只要找出那兩年間購買 CUBE 的車主，就能找出羅密歐了。雖然這不是件簡單的事情，但用上幾天或者幾個月的時間，總可以找出來吧！接著出現了一個新問題，我無法肯定那輛車的車主就是羅密歐。就像我借用媽媽的車一樣，羅密歐也有可能開的是別人的車。

我聯絡了允智。

在我住進鄉下的復健醫院後，我們分手了。我們沒有特意提到分手，漸漸很少來看我的允智，在我住進復健醫院後，便再也沒來看過我了，我也沒有再聯絡過她。分手後，我們也沒有遇見過，我除了島梅以外，幾乎不與其他同學往來，所以也很少聽到關於允智的消息。

我和允智是和平分手的，聯絡資訊裡還留有她的號碼。雖然不知道何謂和平分手，但至少沒有因為分手發生不愉快的事情。我沒有整日酗酒給周圍的人帶來困擾，也沒有把交往時送出去的禮物再要回來，更沒有在凌晨打電話給允智騷擾她。我和允智只是讀書時走得很近，她給我的感覺就像畢業後一次也沒見過的老同學，所以聯絡資訊裡也只是沒有刪掉她的電話號碼而已。

「好久不見。」

我應該有六年沒見到允智了，這段時間，她從大學生變成了上班族。原本就很有女人味的她，增添了職場女性的端莊大方，顯得更加時尚了。雖然我們分了手，但畢竟交往過，我不好意思約她吃午飯，所以特別約了晚餐時間見面。我們一邊吃飯，一邊形式上的問候了對方，過得如何、身體如何，問完這些便無話可聊了。

「我有件事想問妳。」

「什麼事？」

「我發生車禍的那天有打過電話給妳，在高速公路的休息站。」

「……有嗎？」

「有啊！那天我在那裡看到了一輛CUBE，所以打電話告訴妳我看到了CUBE。」

「CUBE？」

「妳喜歡的車啊！妳說那車好看，以後要是買車就買CUBE。」

「是嗎？我要買那麼貴的車……」

允智噗哧笑了出來，真不知道她是記得還是不記得。當時CUBE並不常見，如果在路上看到那種車，允智會站在那裡很長一段時間，還會跟車拍照，難道她都忘了嗎？

「我買車了，公司太遠，所以要用車，國產的小型車。」

看來允智真的把CUBE忘了。那個天真爛漫、頑皮的允智不見了，她變成了活在現實中的大人。

「我連分期付款都還沒有繳清呢！雖然還沒到換車的時候，但就算需要換車，憑我現在的能力也買不起CUBE啊！」

對話開始往奇怪的方向發展下去了。

「你約我見面，該不會是要我買車吧？不是有人說，初戀打來電話，怦然心動的去赴了約，結果不是賣車就是賣保險嗎？」

允智呵呵笑了起來。我不擅長社交，除非是非常好笑的事情我才會笑，但對方是允智，所以我只好強迫自己嘴角上揚展露微笑。但這卻帶來了反效果，允智臉一紅，笑聲也一下子停止了。允智沉默了一會，突然抬起頭問道：

「所以你想問我什麼？」

「我那時傳了一張照片給妳。」

「照片？」

「CUBE 的照片，妳還有留著嗎？」

允智流露出莫名其妙的神色。

「那都是什麼時候的事了，這麼多年我手機也換了好幾支啦！」

「嗯……」

我感到很失望，因為允智是我最後的希望。原來她跟我分手後，把手機裡的照片都刪除了，雖然我沒收到她寄回來的禮物，但照片都刪除了。不過這也很理所當然啦！我也沒有留允智的照片。車禍發生時，我的手機就丟了，當時我也顧不得手機的下落。車禍後過了很久，我才買了新手機，雖然新手機還是沿用之前的號碼，但照片卻都不見了。

尷尬的沉默過後，我們又聊了些有的沒的，然後起身走出了咖啡店。我問允智車停在哪兒了?她說她沒開車出門。

「我還以為會喝酒呢!」

我略感不知所措。

「是哦?那我們去喝酒啊!」

「算了,再見。」

允智轉身大步走掉了,我看到她背後微弱的淡綠色數字,這些年來允智背後的五位數數字每天也在遞減。

回家的路上,手機響起了簡短的信號,是照片,允智傳來的照片,是……CUBE 的照片,是我在休息站拍的照片。允智還和照片一起傳來了一條簡訊。

——我找了下,還真有。掰掰!

找到照片了,我拍的 CUBE 的正面和側面的照片,照片上很清楚地可以看到車牌號碼。

#

如果知道了車牌號碼,要找到車主就是件很容易的事了。在韓國所有的車輛都要登記車主的姓名、出生日期和地址等個人資訊。然而如果沒有法院批的令狀，利用車牌號碼調查個人資訊自然是違法的。但在韓國沒有標準劃分合法或違法、容易或難辦，比如有些事雖然合法但卻很難辦，但有些事違法卻能像喝涼粥一樣輕鬆處理。

我要找的車進行過一次二手車交易，所以事情變得更加複雜了。老闆一聽我要找的不是現在的車主，而是七年前賣掉那輛車的車主，他反覆強調起自己的跑腿公司不是打探那種事的公司。但還不到一天的時間，他就把寫著地址的便條紙給了我，當然我付了錢。

羅密歐住在開車需要三個小時的K市，那是一個位於全羅北道的小城市。

接過地址後，想到要見羅密歐，我開始感到雙腿發抖。羅密歐，視者，是他把我的父母逼往絕路的。「殺父殺母的仇人，受我一劍！」這種報復行為我是做不出來的。讀國小時，我做過的最大的報復，就只是把欺負我的同學的鞋帶丟到窗外。

我會請羅密歐看我的背，因為他是視者，所以我才會給他看「Back Number」。那個唯一我看不到的數字，我太想知道何時才是自己的末日了。

我沒有信心自己一個人可以開車到K市，我現在開車會緊張，而且很害怕高速公路上的貨車。我沒有事先查好巴士的時刻表，就直接去了巴士客運站，雖然坐火車更方便，但K市沒有火車站。

我在地鐵上查看了巴士客運站的時刻表，時間很緊，要想坐上五點四十分的車，就必須盡快趕過去。我記得之前看到過地鐵裡貼出的標語寫著「地鐵守時，不失約」，地鐵的確不會遲到，但也不會比較快，不管我在地鐵裡多焦急，列車的速度也不會因此加快，可我還是感到坐立難安。

出了地鐵，我跑上一條長長的樓梯，儘管釘著四十八根鐵芯的腿發出陣陣痠痛，但我也沒有停下來。我跑進客運站，由於不熟悉客運站的構造，我慌慌張張地跑來跑去，才找到了售票處。

「請給我一張去K市的車票。」

「現在就要出發了，你能趕上嗎？」

「快點，給我。」

等待刷信用卡的收據和車票從窗口遞出來的過程中，我不停地跺著腳，心裡一急，腳也會自己動起來。如果錯過這班車，下一班就要等到七點，十點半左右抵達K市，找到羅密歐的話肯定就要過十一點了，那可不是能登門造訪別人家的時間。如果是我，不管對方說什麼我都不會開門的。

不管說什麼，是啊！我還沒想好要說什麼呢！要說：「我幫你看後背，你也幫我看看？」

就像我和爸爸去澡堂互相幫彼此擦背一樣？可羅密歐會想知道自己的數字嗎？羅密歐知道自己是視者嗎？視者之間能看到彼此的數字嗎？沒有一點是我可以肯定的。我去了能見到羅密歐嗎？我連現在自己要去找到的那個男人是不是視者都無法肯定，因為不肯定，我感到更加焦慮了。

我跑到乘車區，開往K市的巴士已經在調轉車頭方向了。我用握著車票的手敲了敲巴士車身，車停了，我好不容易上了巴士後，感到一陣噁心。

因為是平日下午，車上只坐了一半人。大部分的乘客都在睡覺，車內很安靜，只有司機開的廣播在嗡嗡作響。

出發兩個小時後，巴士開進了休息站。

「巴士十五分鐘後出發。」

司機下了車。車一停，把頭靠在座椅靠背上睡覺的乘客全都醒了，大家也都跟著司機下了車。巴士行駛在路上的時候倒沒覺得，但停車後反倒感到暈車了。人們走下車時，巴士隨著他們的腳步左右直搖。或許是緊張的關係，胃腸出現了問題，我覺得想吐。

我心想還是到廁所吐出來比較好，但站起來的瞬間，我兩腿一軟又癱坐在座椅上。我發現了令我想吐的原因——漸滅的紅色數字，起身下車的乘客背後都亮著紅色數字「1」。最先下車的司機背後是數字「１」，跟在他後面的上了年紀的女人、有些脫髮的大叔還有其他人，休息站隨處可以看到亮著紅色數字的人，他們都是這輛巴士的乘客。出發前因為我急著追趕即將出發的巴士，況且他們都靠在椅背上，所以我根本就沒看到乘客背後的數字，沒想到我上氣不接下氣地追趕上了這輛死亡巴士。

我下了車，腳底像是踩在空中一樣，膝蓋不停發軟。我走到廁所對著馬桶想嘔吐出來，但吐出來的只有唾液，抱著馬桶嘔吐讓我感到全身無力。

我該怎麼辦……，我站在洗手檯前洗了很長時間的手。我看著鏡子，覺得自己眼底發黑，臉上全無血色，嘴唇也起了白色的角質，我不停地搓著手上的肥皂。該怎麼辦……，手上的水乾了，再也搓不出肥皂沫了，我該怎麼辦……，外面的廣播聲傳進了廁所。

——五點四十分出發往Ｋ市的新客運乘客，請迅速上車。五點四十分往Ｋ市的巴士即將出發，還沒上車的乘客請迅速上車……

這是在找我的廣播，因為我沒上車，所以巴士無法出發，早就過了司機說的十五分鐘，我該如何是好……

平日裡的休息站很冷清，一群穿著五顏六色登山服、戴著墨鏡和帽子的老人從我身旁經過，我再也沒有看到紅色的數字了，所有人都回到了車上。

我朝巴士走去，只見我應該搭乘的那輛巴士發動引擎空轉著，我站在稍遠的地方注視著那輛車。

這時，一個身穿西裝的中年男子快速地跑向了那輛巴士，我看到他背後亮著四位數的綠色數字。他一隻腳踩在巴士的階梯上跟司機交談著什麼，雖然聽不見，但卻能猜測到他一定是錯過了原本搭乘的巴士，不得已要改乘這輛車。他脫離了原本設定好的路線，作出了其他選擇。身穿西裝的男人上了車，雖然我不想看到，但卻不得不直視的是，男人原本四位數的數字瞬間變成了紅色的「1」。

如同閃電般的醒悟──替代者。

我看著那輛乘載著亮著紅色數字的人和一名替代者的巴士關上車門，慢慢開出了休息站。我下車，他上車，因為我下巴士，所以他才會搭上那輛車。

我耳邊響起了朴部長在跆拳道館說的那句話。

「別忘了，這可是你的選擇。」

我做出的選擇。可以做出選擇這件事本身就很可怕，但我還是做出了選擇，我選擇了活下來。正因如此，另一個人代替我死了。

#

我沿著去時的路回來了，我沒有去見羅密歐，以後永遠也不會去見他了。

我得到了教訓。如果說人生中存在著唯一的祝福，那應該就是無知。因為我不知道那天會發生的事，也看不見數字，因此無法做出選擇。自從我知道了背後的數字，我便無法不做出選擇了。我明明知道死亡的存在，但卻沒有勇氣一步步走向它，或許我還會做出幾次的選擇，殺死幾個人。直到死去的那天，我都會處在害怕、懷疑和不安的狀態中。

無法看到自己背後的數字，這是對我唯一的救贖。我無知地活著，直到有一天巧合且突然的死於人力所不能抗拒的情況，我會盡情享受人力所不能抗拒帶來的自由。

過了很長時間，我又見到了朴部長。

我和賢珠一起走在路上，一年前，這一區還是空巷無人、安靜的住宅區。但自從開了親自烘培咖啡豆的咖啡店和出售國外進口的別緻飾品店以後，很多為了避開高價租金的小店也都搬到了這附近，聽說正因如此，這一區的房租也在漸漸上漲。咖啡店旁邊就是住宅，再旁邊是晾著衣服的洗衣店。多虧了就連吃雞爪也要堅持選擇哪一區哪家店的賢珠，我才知道了這附近有家好吃的點心店。

朴部長舉著報紙，靠在小巷的牆上站在那裡，他雖然認出了我，但卻故意翻過一張報紙假裝沒看見，當然我也假裝沒看到他。可他怎麼會看報紙呢？這也太引人注目了吧！大白天穿著西裝的公司職員，站在巷子裡看報紙，如果不想引人注意，至少應該升級一下這種角色扮演吧？雖說他拿報紙是為了遮擋住臉，但從五十公尺以外，就能注意到舉著報紙站在那裡的他了。

我們剛從朴部長身邊經過沒多久，他在等的人就從我眼前走過了。一個看起來三十歲左右、但搞不好應該有四十多歲的女人，她一邊走一邊低頭看著手機。雖然我不想注意，但紅色的數字「1」還是跑進了我的視野。那種走路不注意周圍的習慣，那種習慣讓人類在出現突發狀況時，能夠下意識做出反應的技能變得遲鈍，那種習慣帶來了災禍。

我在腦子裡回想著來時看到的風景，這裡不是車輛可以快速行駛的小巷，周圍也沒有施工的地方，也沒有會從空中掉下什麼的高層建築，會發生什麼事呢？我盡量讓自己不去好奇，這只不過是在預定好的日子，發生早已預定好的事罷了，我加快腳步想要盡快離開這條巷子。

還在四下尋找點心店的賢珠，輕輕搖了搖我的胳膊。

「奇怪了，應該就是在這條巷子啊！我們走回去再看看。」

「我仔細看了，沒有啦！我們去另一條巷子看看吧！」

「好吧！」

我抓住賢珠的胳膊快速地走出了巷子，我們從巷子出來剛走回大馬路時，就聽到巷子裡面發出了響聲。但或許這只是我的心理作用吧！賢珠也朝巷子看了一眼，我一聲不響地把賢珠拉走了。

我們一直走著，根本沒有找到那家聽說很好吃的點心店。大馬路雖然複雜，但卻很平靜，人們走在路上有說有笑，偶爾還會有腳踏車擦肩而過，計程車、轎車和機車行駛而過。髮廊把曬滿了毛巾的衣架架在人行道上，不知誰把小狗拴在路邊的樹上，年糕店裡的白煙熱氣從門口飄了出來。

陽光普照，該發生的事情終究還是會發生，人們就這樣生活著。

背後的數字 빽넘버

作　　者／林仙鏡（임선경）
譯　　者／胡椒筒 hoochootong
封面設計／黃奕凱
美術編輯／孤獨船長工作室
責任編輯／許典春・簡心怡
企畫選書人／賈俊國

總 編 輯／賈俊國
副總編輯／蘇士尹
編　　輯／高懿萩
行銷企畫／張莉滎・廖可筠・蕭羽猜

發 行 人／何飛鵬
法律顧問／元禾法律事務所王子文律師
出　　版／布克文化出版事業部
臺北市中山區民生東路二段 141 號 8 樓
電話：(02)2500-7008 傳真：(02)2502-7676
Email：sbooker.service@cite.com.tw
發　　行／英屬蓋曼群島商家庭傳媒股份有限公司城邦分公司
臺北市中山區民生東路二段 141 號 2 樓
書虫客服服務專線：(02)2500-7718；2500-7719
24 小時傳真專線：(02)2500-1990；2500-1991
劃撥帳號：19863813；戶名：書虫股份有限公司
讀者服務信箱：service@readingclub.com.tw
香港發行所／城邦（香港）出版集團有限公司
香港灣仔駱克道 193 號東超商業中心 1 樓
電話：+852-2508-6231 傳真：+852-2578-9337
Email：hkcite@biznetvigator.com
馬新發行所／城邦（馬新）出版集團 Cité (M) Sdn. Bhd.
41, Jalan Radin Anum, Bandar Baru Sri Petaling,
57000 Kuala Lumpur, Malaysia
電話：+603-9057-8822 傳真：+603-9057-6622
Email：cite@cite.com.my
印　　刷／卡樂彩色製版印刷有限公司
初　　版／2020 年 01 月
售　　價／300 元
I S B N／978-957-9699-80-8

This complex Chinese characters edition was published by SBooker, a division of Cité Publishing Ltd. in 2018 by arrangement with Dulnyouk Publishing Co. through Imprima Korea & LEE's Literary Agency.
This book is published with the support of Publication Industry Promotion Agency of Korea(KPIPA).
城邦讀書花園 www.cite.com.tw
布克文化 WWW.SBOOKER.COM.TW